SOLEIL
MANGA

Soleil

1 €

W0277405

Écrivez-nous à :
Soleil Manga
25, rue Titon
75011 Paris - France
manga@soleilprod.com

Titre original : BOKUWA IMOUTO NI KOI WO SURU by Kotomi AOKI

Original Japanese edition published in 2003 by Shogakukan Inc., Tokyo
French translation rights arranged with Shogakukan Inc.
through The Kashima Agency

15, bd de Strasbourg
83000 Toulon - France
Traduction : Florent Gorges
Lettrage : Studio Charon
Dépôt légal : Octobre 2007
ISBN : 978-2-84946-960-6
Impression : AUBIN IMPRIMEUR - France

ILS... NE SE RES-SEMBLENT PAS...
IL FAUT DIRE QU'EN RÉALITÉ, CES DEUX-LÀ...
GRRR !
MA PAUVRE ! C'EST TERRIBLE DE NE PAS AVOIR UNE THUNE !
WAAA
JAOOOOM
NE SONT PAS NÉS LE MÊME JOUR...
FIN - À SUIVRE DANS LE TOME 3

DONNEZ-MOI DONC LA TAILLE JUSTE EN DESSOUS...
ET SI C'EST POSSIBLE, JE VOUDRAIS Y GRAVER UN MESSAGE AUSSI...
only heart
OUI, BIEN SÛR...
HEU...
QUE VOULEZ-VOUS GRAVER ?
C'EST UN SECRET...

WHAA !
QUELLE EST VOTRE TAILLE, MADEMOISELLE ?
JE... DE...
HEU... 13 !
BOM
BOM

QU...
HAAA
HUM !
ELLE N'EST PAS TRÈS FUTÉE...
KOF KOF
HA HA
IL EST CRA-IIIII QUANT !
VOUS CONNAISSEZ LA TAILLE DU DOIGT DE VOTRE FIANCÉE ?
安井
FUISH
HEIN ?
TCHAF
安井

ZAAASH
ZAAASH
LES BÉLIERS SONT TRÈS PROTECTEURS...
VOUS VOULEZ QUE JE VOUS EN SORTE UNE ?
OUI, CELLE-LÀ...
D'ACCORD
CELLE AVEC LE TRÈFLE, N'EST-CE PAS ?
ELLE EST EN EFFET TRÈS JOLIE...
POUR QUE VOUS CHOISISSIEZ CELLE-LÀ...
C'EST QUE VOTRE PETITE AMIE DOIT ÊTRE DRÔLEMENT JOLIE !

RHAAA !
MONSIEUR YÛKI, C'EST AUJOURD'HUI QUE VOUS FAITES UNE GRANDE FÊTE CHEZ VOUS NON ?
NE FAITES PAS D'HEURES SUP' !
IKU, TU ES TOUT SAUF FÉMININE !
Anniversaire Yori et Iku♥
2003 4 APRIL
1 2 3 4 5 6 7 8 9 10 11 12 13 14 15 16 17 18 19 20 21 22 23 24 25 26 27 28 29 30
TRRRR TRRRR
VOUS DEVEZ ÊTRE FIER DE VOS JUMEAUX !
VOTRE FILS, IL EST VRAIMENT MIGNON ! MAIS IL NE VOUS RESSEMBLE PAS...
COMME DEUX GOUTTES D'EAU !
IKU EST UN PEU SUR LA LUNE MAIS YORI A LA TÊTE SUR SES ÉPAULES... ♡
IL SE VANTE
POURTANT, ILS NE SE RESSEMBLENT PAS BEAUCOUP POUR DES JUMEAUX...
ON DIT POURTANT EN ASTROLOGIE QUE LES JUMEAUX ONT DES CARACTÈRES PROCHES...
TU CROIS EN L'ASTROLOGIE, TOI ?

NUUUSH
NUUUSH
NON...
SI J'AVAIS PU ACHETER UN CADEAU, JE NE ME SERAIS PAS GÊNÉE !
GRRR
SAUF QUE...
NUUUSH
SAUF QUE QUOI ?
NUUUSH
JE PRÉFÈRE ALLER LE VOIR...
きゅるるるる
るるるる
CROUIIIC
CROUIIIC
かぁぁ
HAAA...
HUUU..
HA HA

Bon pour un massage aux épaules
AUTANT RESTER SOBRE...
Bon pour un nettoyage des oreilles
Bon pour que je fasse une fois tes devoirs
CADEAU EMPOISONNÉ !
Bon pour que je mange ta part de chocolat
ÇA NE FAIT PLAISIR QU'À ELLE...
Bon pour une entrée au concert du petit Yori
IL DÉTESTE VOIR LES ANIMAUX SOUFFRIR
Bon pour que je te lave les cheveux
ろ TADAM ん
NE ME DIS PAS QUE TU AS L'INTENTION DE LUI OFFRIR CE TRUC-LÀ ?!?
NOOON !
RENDS-LE-MOI ! ARRÊTE !
CE SERAIT MOI, J'AURAIS TROP HONTE...
JE N'AI PAS D'ARGENT POUR LUI ACHETER QUELQUE CHOSE...
HUUU
COMMENT TU FAIS POUR AVOIR AUTANT D'ARGENT SUR TOI, YANO ?
MOI, J'AI ÉTÉ OBLIGÉ DE CASSER MON P'TIT COCHON !
C'EST CHER LE TRAIN
MOI, JE SUIS UN GOSSE DE RICHE, C'EST TOUT.
SI TU N'AS PAS D'ARGENT, POURQUOI NE PAS TE CONTENTER DE LUI ENVOYER UN PETIT TRUC PAR LA POSTE ?

HÉHÉ
CELUI-LÀ, JE LE GARDE POUR TON FRANGIN !
JE SENS QUE JE VAIS BIEN ME MARRER...
ALLEZ, JE VIENS AVEC TOI...
TADAM
TADAM
SCRITCH
SCRITCH
QU'EST-CE QUE TU ÉCRIS ?
EN CACHETTE
NE RE-GARDE PAS !

MILD BITTER
TIENS, CADEAU !
PLOP
HEU...
SI C'EST AUJOURD'HUI L'ANNIVERSAIRE DE TON FRÈRE, ALORS C'EST DONC AUSSI LE TIENS, NON ?
JE TE L'OFFRE !
HE HE
DU CHOCOLAT ...
NAN, JE PLAISANTAIS ! JE LE GARDE !
ZAAAM
VLANG
QUOI ?!?

TIENS ! MAIS QUE FAIT LA PETITE SŒUR DE YORI ICI ?
HÉ HÉ
チョコレート
MILD BITTER
YA... YANO ?!?
HÉ OUI, C'EST MOI...
TU PARS AUSSI POUR VOIR YORI ?
HÉ BIEN, C'EST SON ANNIVERSAIRE AUJOURD'HUI !
HEIN ?
POURQUOI ?

SI TU SAVAIS...
ZAAASH
ZAAASH
TIENS ?
HUUU...
HO... VOUS N'AVEZ PAS DE BISCUITS À L'UNITÉ...
PARDON
MAIS POUR 60 YENS, TU N'AS PLUS RIEN MA PETITE...
HAAAA
DANS CE CAS, JE VAIS PRENDRE CETTE BOITE DE CHOCOLATS...
ZAAAM
OUI !
IL EST À 150 YENS !

KOF ! KOF ! ARGH !
AH J'TE JURE...
HAAA...
OUI BON ÇA VA...
ALORS QUE DANS MON INFINIE BONTÉ, J'T'AI DIT QUE J'TE DÉNONCERAIS PAS POUR AVOIR ABUSÉ D'LA GARDIENNE EN TÉLÉPHONANT EN PLEIN MILIEU D'LA NUIT ! SANS OUBLIER QU'TU FUMES DES CLOPES !
BING
BLA BLA BLA
BON LAISSE-MOI PARTIR MAINTE-NANT...
J'AI QUELQUE CHOSE DE PRÉVU ET...
FLAC
HÉ BEN ! ON PEUT DIRE QU'T'ES PAS D'TRÈS BONNE COMPAGNIE, TOI !
C'QUE T'AS À FAIRE, C'EST SI IMPORTANT QU'ÇA ?

ASPIRE DOUCEMENT POUR ALLUMER...
PSHHH
COMME ÇA ?
COMMENT VEUX-TU Y ARRIVER SI TU PARLES EN MÊME TEMPS ?
SALLE DU DÉLÉGUÉ
PSHH
ALORS ?
BAH, C'EST JUSTE D'LA FUMÉE...
TU T'ATTENDAIS À AUTRE CHOSE ?

KLING...
IL ME RESTE 600 YENS !
JE VAIS POUVOIR M'ACHETER UN SANDWICH ET UN JUS...
OUF, J'AI DE QUOI MANGER UN PEU...
HEU, PAS SI VITE MADEMOISELLE...
POUR LE CHIEN, C'EST 270 YENS DE SUPPLÉMENT !
DONC 540 AU TOTAL POUR L'ALLER ET LE RETOUR...
60 YENS DE MONNAIE... TOUT JUSTE DE QUOI M'ACHETER QUELQUES BISCUITS SECS...
PLOP
WOOOF

PEUT-ÊTRE QU'EN PRENANT UN TRAIN UN PEU MOINS RAPIDE, ÇA SUFFIRAIT...
BLA BLA
WOOOF
MAIS JE VOUS PRÉVIENS, CELUI-LÀ MET SIX HEURES...
6時間っ!!?
SIX HEURES ?!?
ET DONC...
EN PARTANT MAINTENANT, VOUS ARRIVEZ À 15 HEURES...
VOUS AVEZ UN ENDROIT OÙ DORMIR ?
HEU...
NON...
JE DOIS FAIRE L'ALLER-RETOUR DANS LA JOURNÉE...
MÊME SI JE NE RESTE QU'UNE HEURE LÀ-BAS, ÇA ME FAIT RENTRER À 22 HEURES ?!?
HAAA...
TANT PIS, ÇA NE FAIT RIEN...
JE PRENDS CE BILLET !
C'EST QUE... JE TIENS TELLEMENT A ÊTRE AVEC YORI EN CE JOUR BIEN PRÉCIS !

TAAAM !
PARDON MON P'TIT COCHON...
KLANG !
KAI !
IL FAUT QUE J'AILLE LE VOIR !
UN ALLER-RETOUR ? C'EST 32.000 YENS...
MON ARGENT...
JE N'AI PAS ASSEZ...
HUUU...
SPLOP

UN TÉLÉPHONE PORTABLE ?!?
WHAAAA !
OUI, ON A PRIS LE MÊME MODÈLE POUR TON FRÈRE !
WAAAF !
HAAAA
ON A DÉJÀ MIS SON NUMÉRO EN MÉMOIRE. SI TU LUI PASSAIS UN COUP DE FIL POUR ESSAYER ?
TRRRR
YORI...
TRRRRR
YORI...
VOTRE CORRES-PONDANT N'EST PAS JOIGNABLE POUR L'INSTANT. MERCI DE RAPPELER UL-TÉRIEUREMENT...
HAAA, ZUT ALORS...
ON S'EST DÉPÊCHÉS DE LUI ENVOYER POUR QU'IL ARRIVE À TEMPS...
LA POSTE EST PEUT-ÊTRE UN PEU EN RETARD...
BON IKU, ON DOIT PARTIR MAINTENANT...
ON FERA UNE PETITE FÊTE QUAND ON RENTRERA CE SOIR...
OUI...
VLAM
À PLUS TARD !

MAIS QUE...
VOUS...
♪ハッピバースデー いくちゃーん♪
TRA LA LA !
BON ANNIVERSAIRE, CHÉRIE !!!
♪たーんじょーうび おめでーとう
HAPPY BIRTHDAY TO YOUUU !
おめでーとう いくちゃーん
TRA LA LA !
HAPPY BIRTHDAY TO YOUUU !
AUJOURD'HUI, TU AS 16 ANS !
QU...

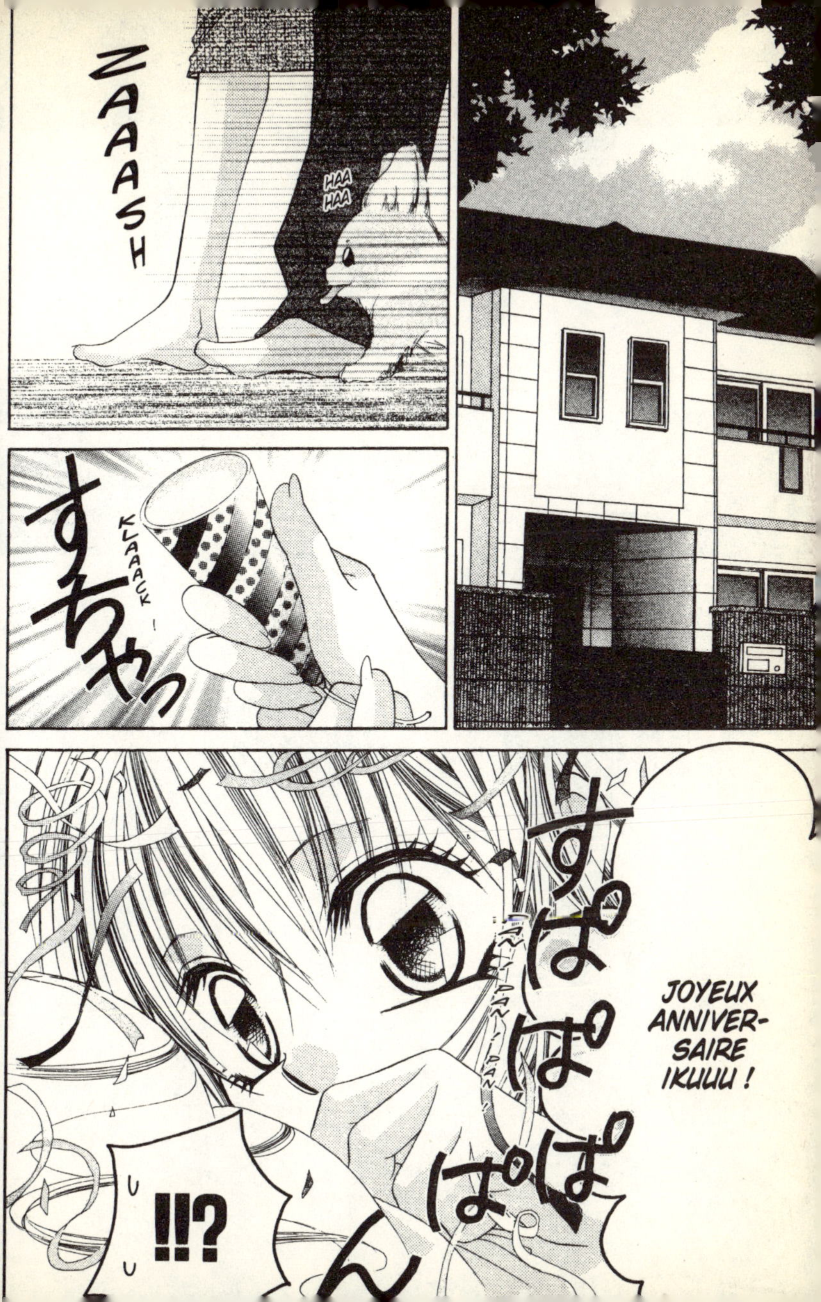
ZAAAASH
HAA HAA
すちゃっ
KLAAACK !
すぱぱぱぱん
PAN ! PAN !
JOYEUX ANNIVER-SAIRE IKUUU !
!!?

CE SOIR LÀ...
JE N'AI PAS PU AVALER UNE SEULE BOUCHÉE DU RIZ ROUGE...
MA CHÈRE IKU...
EN ATTEIGNANT SES 16 ANS...
POUVAIT M'ÊTRE ENLEVÉE...

BOM
HUU...
BOM
POURQUOI...
FAIT-ELLE COMME SI ELLE N'AVAIT JAMAIS SU...
BOM
POURQUOI...
FALLAIT-IL QU'ELLE SE PRÉPARE...
BOM
À DEVENIR CELLE D'UN AUTRE ?
BOM
BOM

HUUU...
......
IMBÉCILE D'IKU !
D'HABITUDE, ELLE SE TIENT MAL !
POURQUOI SON COMPORTEMENT EST-IL SOUDAIN SI DIFFÉRENT ?
PLIC
C'EST BIZARRE !
GNAAAAP

JE NE VEUX PAS D'UNE SŒUR COMME ÇA ! JE TE DÉTESTE !
HMM, JE VOIS...
ON FÊTE DONC LES ANNIVERSAIRES ET LES PREMIÈRES RÈGLES D'IKU ?
ET DIRE QUE DANS CINQ ANS, MA PETITE FILLE SERA LIBRE DE SE MARIER AVEC QUI ELLE VEUT...
PAPA TRISTE
TU VAS VITE EN BESOGNE !
FIOUUU...

YORI, TA SŒUR A FRANCHI LA PREMIÈRE ÉTAPE POUR DEVENIR UNE VRAIE FEMME MARIABLE !
IL FAUT LA FÉLICITER !
MARIABLE ?
...!!
QU...
ÇA VEUT DIRE QUOI MARIABLE ?
JE NE COMPRENDS PAS DE QUOI VOUS PARLEZ !

IKU EST GRAVEMENT BLESSÉE !
C'EST AFFREUX ! VITE !
YORI ?
IKU EST BLESSÉE !
IL FAUT VITE RENTRER !
HÉ HÉ
BRAVO MA CHÉRIE ! ♡
MAMAN
HEIN ?
IKU, MA PUCE, TU ES DÉSORMAIS UNE GRANDE FILLE !
DONG !
ALORS ? ALORS ? RIEN DE GRAVE ?
ELLE VA SURVIVRE ?

ぎゃあああああ
RHAAA !
SI IKU A LA MOINDRE ÉGRATIGNURE AU VISAGE, JE VOUS JURE QUE JE VOUS ENVOIE TOUS EN ENFER !
TU N'ES PAS BLESSÉE, IKU ?
YORI...
AÏE
PLOP
NE T'EN FAIS PAS, JE T'AI DÉJÀ VENGÉE...
ON EST DANS LA MÊME ÉQUIPE ALORS QU'IKU EST DANS L'AUTRE...
ボロ...
ZAAAM
IKU !
HAAA !
ON VOIT TA CULOTTE !
!!!
ぱふっ
IKU ?!?
!!!?
SLAAAASH

あ。
HEU...
SPLASH
VOUS AVEZ OSÉ...
HAAA !
YORI ! ATTENDS ! ON A PAS FAIT EXPRÈS !
TA SŒUR, ELLE SE GÈNE PAS POUR NOUS VISER, ELLE !
CRAAACK
JE VOUS AVAIS POURTANT PRÉVENU DE NE PAS VISER MA SŒUR...
WHAAA !
あ

ET TU AS VU CETTE PHOTO ?
C'EST CELLE PRISE POUR LEURS 11 ANS.
IKU ET YORI ONT L'AIR D'AVOIR PRIS LEURS DISTANCES... HA HA
HA OUI, TU AS RAISON !
JE M'EN RAPPELLE MAINTENANT...
FAITES ATTENTION À IKU !
VOUS N'AVEZ PAS INTÉRÊT À LA TOUCHER, SINON...
WHAAA !
WHAAA !
DE TOUTE FAÇON, ILS NE M'AURONT PAS !
BOUUUH !

18e secret : Matin d'anniversaire

YORI !
BRRRR
J'ESPÉRAIS POURTANT QUE TU M'APPELLERAIS ENCORE UNE DERNIÈRE FOIS...
HÉ HÉ
NON ! JE VOULAIS PAS ABUSER !
ELLE ÉTAIT SUR LE POINT DE LE FAIRE...
DANS QUELQUES JOURS...
J'AI ATTENDU LONGTEMPS...
ET COMME J'EN AVAIS MARRE, C'EST MOI QUI AI PRIS LES DEVANTS.
J'AI ACHETÉ LA GARDIENNE AVEC UN SOURIRE
NOUS AURONS TOUS LES DEUX...
16 ANS.

FUIP
DRIIIING
!!!?
HIII
TCHAC
OUI, PARDON ! JE NE RE-COMMENCERAI PLUS !
QU'EST-CE QUE TU NE RECOMMEN-CERAS-TU PLUS ?

COMMENT LE SAIS-TU ?
BAH... PAS BESOIN D'AVOIR L'AIR SI FÂCHÉ !
AU FAIT, MES VÊTEMENTS, C'EST L'UNIFORME DE L'ÉCOLE.
LISTE DES INTERNES
J'SUIS JUSTE LE DÉLÉGUÉ DES INTERNES. J'CONNAIS BIEN LES DOSSIERS !
V'LÀ, C'EST TOUT...
L'COUVRE-FEU EST À 22 H00
DONC EN GROS, T'AS PLUS L'DROIT D'TÉLÉPHONER.
J'AVAIS PAS L'INTENTION...
MÊME LES APPELS EXTÉRIEURS NE POURRONT PAS T'ÊTRE TRANSFÉRÉS. SAUF LES URGENCES, ÉVIDEMMENT.
OUAIS MAIS LÀ, JE PENSE QU'ELLE NE M'APPELLERA PLUS...
SANS BRUIT...
POP POP

PAPA, MERCI D'AVANCE POUR LE PORTABLE, HEIN !
CHUT
BYE !
PAS LA PEINE DE ME PASSER IKU !
BYE !
HEIN ?!? NON !
TCHAAAC
FUUU...
PENDANT CE TEMPS À LA MAISON...
JE LE RAPPELLE !!!!
TU VAS LUI FICHE LA PAIX OUI OU NON ?!?
HA HA
T'ES SÛR QUE T'AVAIS PLUS RIEN À LUI DIRE ?
IKU, C'EST DONC SON P'TIT NOM ?
HÉ HÉ
TA JOLIE P'TITE SŒUR JUMELLE, J'ME TROMPE ?
BELLE FRATERNITÉ !

ZAAAAP
IKU !!!
TU SAIS QUOI ? LE PETIT YORI, IL...
IL A CHANTÉ !!!
DAAAAM
HUUUU
BOM BOM
......!
CHUUUT
HEU, TU PEUX ME PASSER PAPA UNE SECONDE ?
CHUT
PAPA, DANS TROIS JOURS, C'EST MON ANNIVERSAIRE. JE CROIS QU'UN TÉLÉPHONE PORTABLE ME SERA INDISPENSABLE...
EN EFFET, OUI...
IKU, COMBIEN DE FOIS L'AS-TU APPELÉ ?
TU ME LE PASSES !
ET UN PORTABLE POUR IKU AUSSI ?
OUI OUI !
PASSE-LE-MOI !
IKU ! ÇA SUFFIT !

YORI ! YORI ! TU SAIS QUOI ? LE PETIT YORI SAIT DANSER ! IL EST TROP CHOU ! ALLEZ DANSE !
TU VOIS ? TU VOIS ? IL EST MIGNON NON ?
HEU...
ヨイ
HOP !
ヨイー
HOP !
HEIN ?
COMMENT VEUX-TU QUE JE LE VOIE ?!?
がぁんっ
SHLAAAACK !
IKU, TU ME PARLERAS DE ÇA UN AUTRE JOUR...
À PLUS !
SHLAAAACK !
DRIIIING !

—...
DRIIIING !
DRIIIING !
ちゃっ
HMM
じーっ
NUUUSH
LE NOUVEAU, YORI YÛKI ! YORI YÛKI !
VOUS DEVRIEZ VENIR HABITER DANS MA LOGE PARCE QUE...
JE... J'ARRIVE !

QUI A PARLÉ ?
HMM...
OUI, MA COPINE...
FUISH
J'SAIS QU'TU MENS !

BONNE NUIT...
ガチャ…ン
TCHAC
C'ÉTAIT TA COPINE ?
BEN TOI, ON PEUT DIRE QU'T'ES UN ROMANTIQUE !

J'AVAIS JUSTE OUBLIÉ DE...
TE SOUHAITER UNE BONNE NUIT...
MERCI...
TOI AUSSI, BONNE NUIT...
IKU...

LE NOUVEL ÉLÈVE, YORI YÛKI ! YORI YÛKI !
HEIN ?
VEUILLEZ REVENIR À LA LOGE, VOUS AVEZ UN AUTRE APPEL !
ALLO ?
...!
? ALLO ?
IKU...
HAA...
J... JE...
WOOOF

ALORS ON N'A QU'À COUPER EN-SEMBLE À TROIS ! UN, DEUX ET TROIS !
CLACK
QU...
DE VRAIS GAMINS...
HAAA...
MERCI BEAUCOUP MADAME...
!...
PAS MAL, PLAY-BOY !
TCHIF
TCHIF

BON, DANS CE CAS...
À BIENTÔT, YORI...
TU N'EN FERAS PLUS ?!?
HAAA...
HEU...
!...
ZAAAP
HAAA...
POURQUOI TU NE RAC-CROCHES PAS ?
ET TOI ALORS ?
C'EST À TOI DE LE FAIRE, NON ?
HONNEUR AUX FILLES !
NON ! AUX GARÇONS !
HÉ BIEN...
!...
QUE FAIRE...

HAA !
MAIS... QU... QUE...
LA GARDIENNE, 36 ANS, CÉLIBATAIRE
HEU...
HUUU...
LA HONTE !!!
WHAAAA !
ひゃーっっ
WAAAAF
PARDON, IKU...
C'ÉTAIT LA PREMIÈRE ET LA DERNIÈRE FOIS QUE...
HEIN ?!?
ZAP ZAP
......
HMM...

SMACK

QU...
ZAAAAM
かあああ～～っ
IL SE SENT SOUDAIN TOUT HONTEUX...
HEU...
À QUOI JE JOUE, MOI...
YORI...
BOM
BOM
HUM !
FUUU
BOM

NON, TU NE DOIS PAS OUVRIR LES YEUX !
HAAA !
COMMENT ?
COMMENT FAIT-IL POUR SAVOIR ?!?
ALORS, ÇA VIENT, IKU ?
IL EST POURTANT LOIN DE MOI...
MAIS J'AI L'IMPRESSION...
QU'IL ME REGARDE, TOUT PRÈS...
OU...
OUI, VOILÀ...
ÇA ME GÈNE TANT...
IKU...
BOM
QUE JE FERME LES YEUX...
BOM
ET QUE J'ÉCOUTE SA VOIX...
BOM
BOM
JE LE SENS TOUT PRÈS DE MOI...

BOM
BOM
ÇA Y EST, ILS SONT FERMÉS...
BIEN...
OUVRE UN PEU LES LÈVRES...
BOM
OU...
OUI...
PLUS QUE ÇA !
ZAAAAM
QU... !

SI TU VEUX...
BOM
ALORS RELÈVE UN PEU LA TÊTE...
BOM
BOM
QU...
ENSUITE, FERME LES YEUX...
HAAA...
BOM
BOM
BOM
BOM
BOM

HEIN ?!?
TU TE RENDS COMPTE DE...
OUI MAIS... JE... JE SUIS TELLEMENT MALADE DE...
SUR LA JOUE, ÇA NE M'A PAS SUFFI...
JE VEUX TE SEN-TIR...
BEAU-COUP PLUS PROCHE DE MOI...
PLUS...
TU VEUX BIEN ?
PRÈS DE MOI...

IL N'Y A QUE...
QUELQUES HEURES QUE NOUS SOMMES SÉPARÉS...
MAIS IL ME MANQUE DÉJÀ TANT...
WOOOF
DIS YORI ?
DONNE-MOI UN BAISER !

IKU...
TU PLEURES ?
NON ! PAS DU TOUT !
J'AI FAIT SERMENT DE TENIR BON !
HA HA
AH...
JE VOIS...
SI SEULE-MENT...
JE POUVAIS VOIR LE VISAGE DE YORI...
HA HA
DONC EN BREF, TU PLEURAIS !
LORSQU'IL RIT...
IL SE CACHE TOUJOURS LE HAUT DU VISAGE...
ET IL REGARDE ENTRE SES DOIGTS...
がぁんっ
HAAA !
COMMENT TU AS DEVINÉ ?!?
JE TE CONNAIS PAR CŒUR...
COMME S'IL ÉTAIT GÊNÉ...

YORI...
IKU... !
TU... TU ES BIEN ARRIVÉ ?
CELA FAISAIT PLU-SIEURS HEU-RES...
QUE JE N'AVAIS PAS ENTENDU SA VOIX...
YORI...
OUI OUI...
J'ÉTAIS EN TRAIN DE RANGER MA VALISE...
YORI...
TANT MIEUX...
JE SUIS RASSURÉE DE TE SAVOIR ARRIVÉ...
J'ENTEN DAIS DANS LA VOIX D'IKU...
QUE SON CORPS TREM-BLAIT...

VLAM
1号館
2号館
3号館
JE PRENDS L'APPEL...
AH ! VOUS VOILÀ...
ALL...
ALLÔ YORI ?!?

IL PARAIT QUE TU AS TERMINÉ PREMIER AUX TESTS D'ENTRÉE DE L'ÉCOLE ! C'EST INCROYABLE !
CE LYCÉE EST RÉPUTÉ POUR LA DIFFICULTÉ DE SON EXAMEN ALORS BRAVO !
TU ES VRAIMENT TRÈS DOUÉ !
AH BON ?
LE NIVEAU DE CETTE ÉCOLE EST DONC MOINS BON QUE JE NE LE PENSAIS ?
!?
VOTRE ATTENTION ! YORI YÛKI EST DEMANDÉ AU TÉLÉPHONE !
PRIÈRE DE SE PRÉSENTER À L'ACCUEIL
POUR MOI ?

TOC
DÉCIDÉMENT, J'AURAIS PASSÉ MA VIE DANS UN LIT À ÉTAGES !
QUOI !
VOUS ÊTES ENCORE LÀ, VOUS ?
PFFF
IL SE PREND POUR QUI, LUI ! ESPÈCE DE PUCEAU INTELLO !
OUAIS !
がくうっ
ZAAAAM
NE DIS PAS CES CHOSES-LÀ, CRÉTIN !
TU OUBLIES QUE C'EST SURTOUT NOTRE CAS AUSSI !

OH ! C'EST TOI YORI ?
ZAAASH
J'AVAIS HÂTE DE FAIRE TA CONNAIS-SANCE !
JE SUIS SHÛICHI, TON COLOCATAIRE CETTE ANNÉE !
ENCHANTÉ !
FUIP
PFF !
ENCORE ?

ON M'A POURTANT DIT QUE MA PIAULE SERAIT POUR DEUX...
Y'A DONC DÉJÀ DES INTRUS ?

BAH, ÇA M'EST VRAIMENT ÉGAL, VOUS SAVEZ !
ON SERA DANS LA MÊME CHAMBRE ALORS J'ESPÈRE QU'ON S'ENTENDRA BIEN !
PFFF !
MOI, JE PEUX DÉJÀ PAS LE SENTIR !
PAREIL !
OGURA, TU TE FERAS AVOIR UN JOUR ! T'ES VRAIMENT TROP GENTIL COMME MEC !
PLAP
BOF, PAS TANT QUE ÇA...
TOC TOC
TOC TOC
SALUT !

17e secret : Ta voix au téléphone

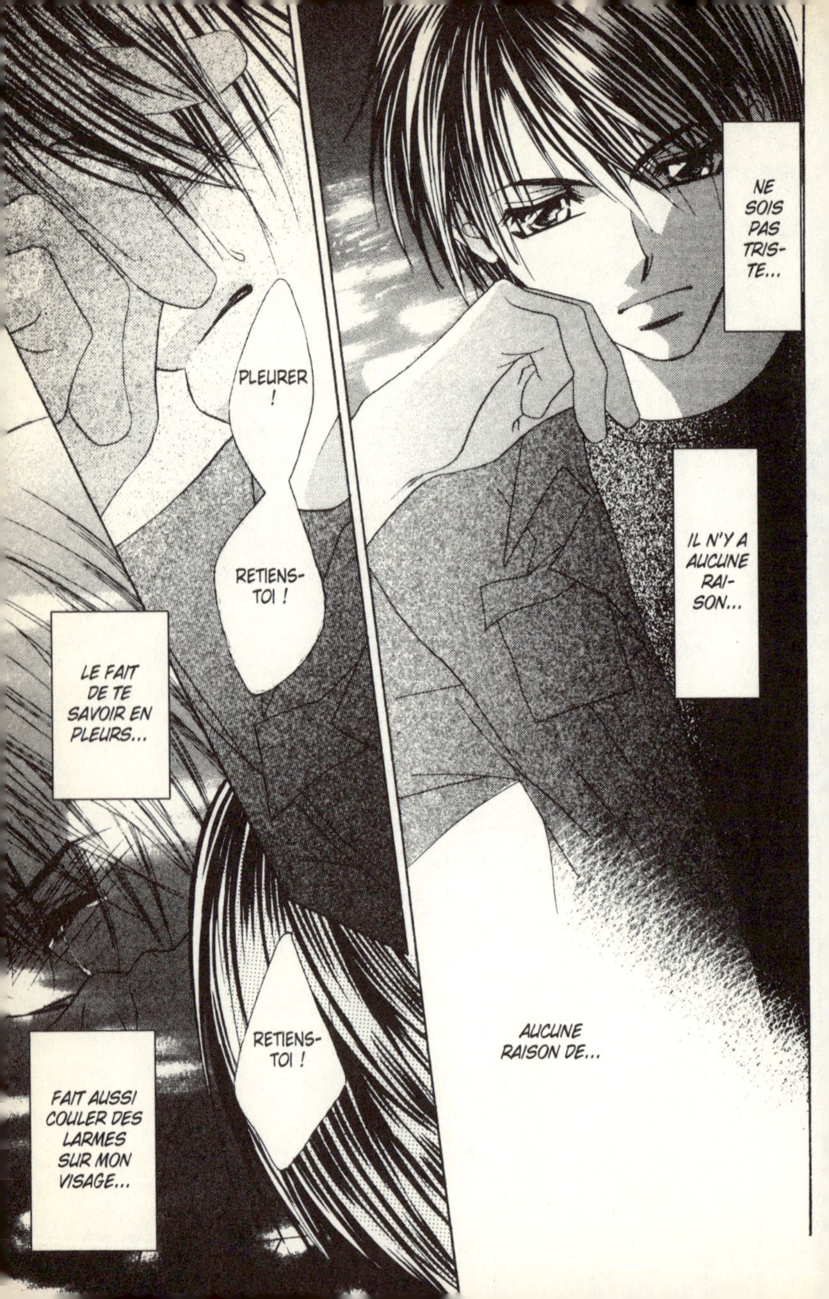
NE SOIS PAS TRISTE...
IL N'Y A AUCUNE RAISON...
PLEURER !
RETIENS-TOI !
LE FAIT DE TE SAVOIR EN PLEURS...
AUCUNE RAISON DE...
RETIENS-TOI !
FAIT AUSSI COULER DES LARMES SUR MON VISAGE...

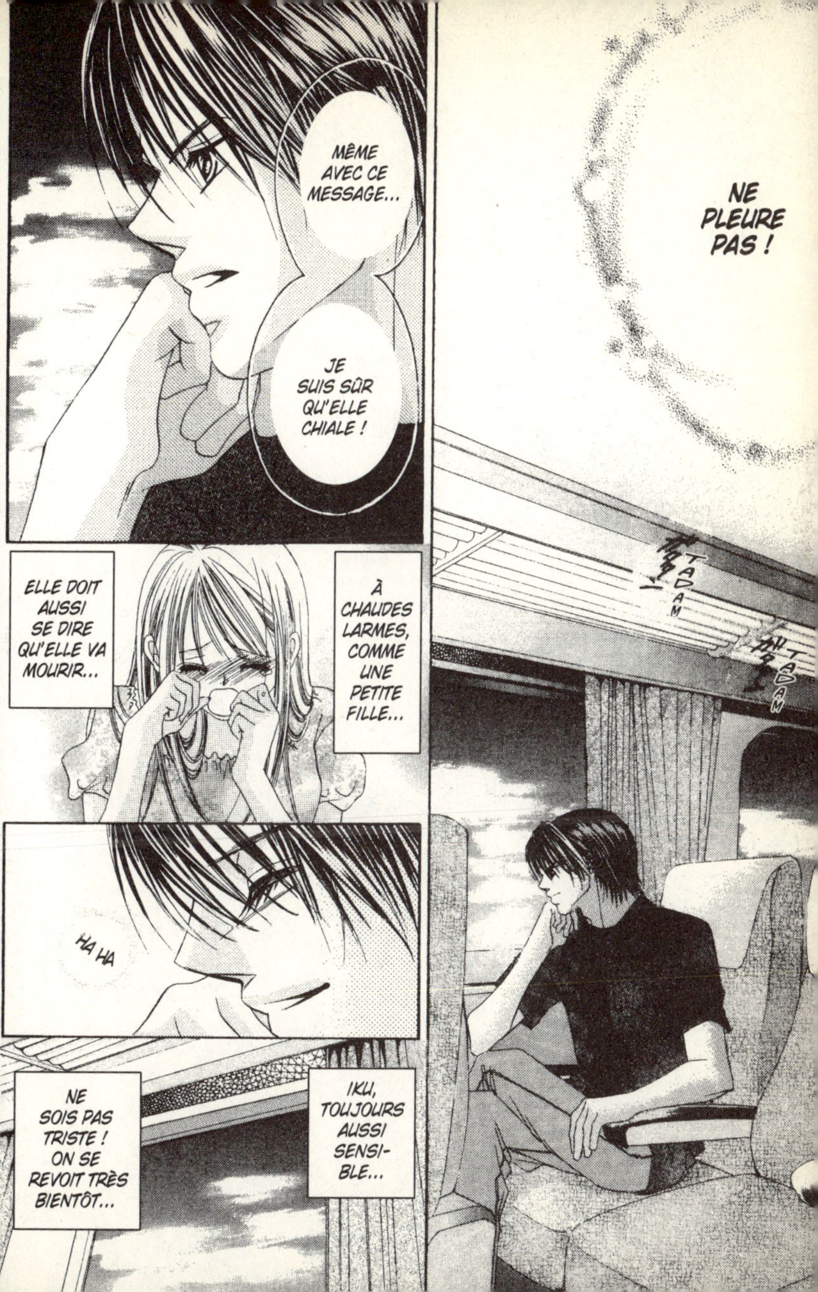
NE PLEURE PAS !
TADAM
TADAM
MÊME AVEC CE MESSAGE...
JE SUIS SÛR QU'ELLE CHIALE !
À CHAUDES LARMES, COMME UNE PETITE FILLE...
ELLE DOIT AUSSI SE DIRE QU'ELLE VA MOURIR...
HA HA
IKU, TOUJOURS AUSSI SENSIBLE...
NE SOIS PAS TRISTE ! ON SE REVOIT TRÈS BIENTÔT...

S'il te plaît,
ne pleure pas...
YORI... !

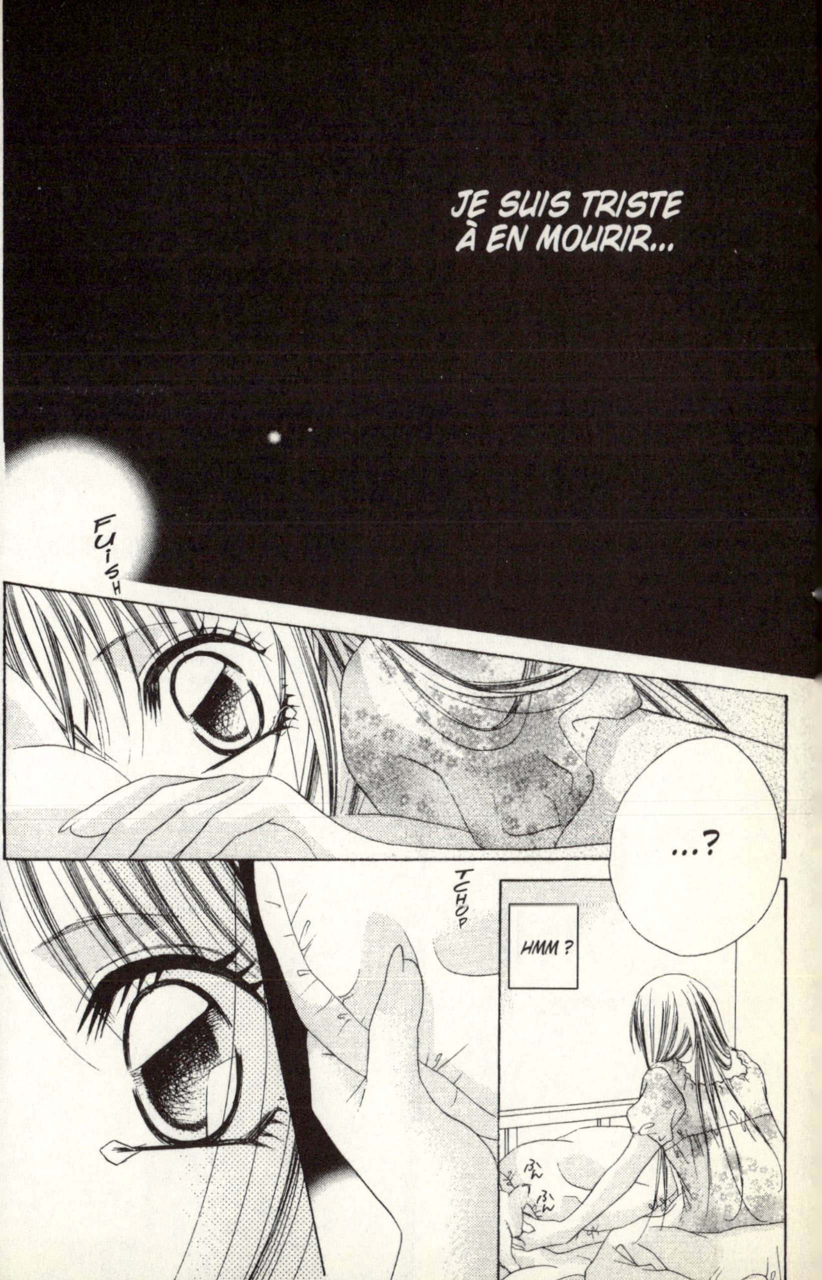

JE SUIS TRISTE
À EN MOURIR...
FUISH
...?
TCHOP
HMM ?

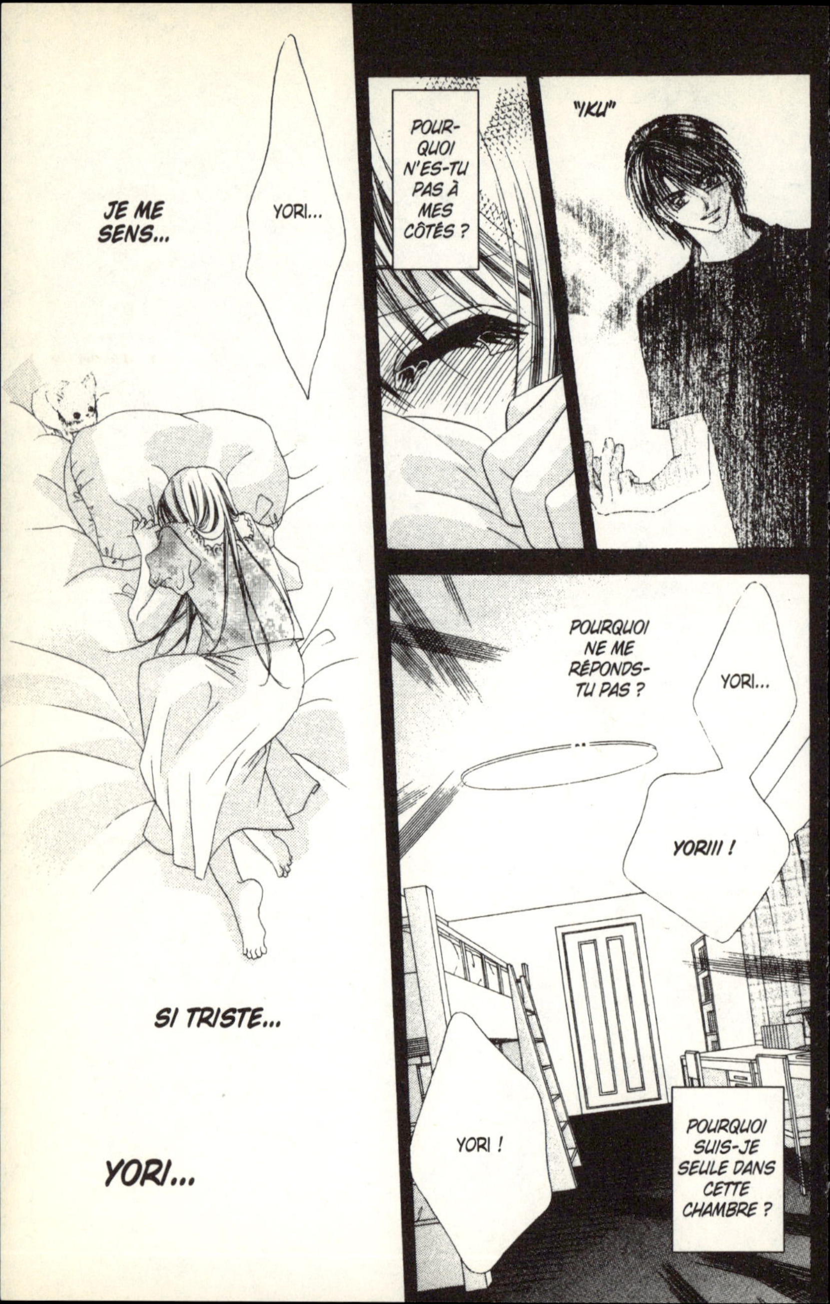
"IKU"
POURQUOI N'ES-TU PAS À MES CÔTÉS ?
YORI...
POURQUOI NE ME RÉPONDS-TU PAS ?
...
YORIII !
POURQUOI SUIS-JE SEULE DANS CETTE CHAMBRE ?
YORI !
YORI...
JE ME SENS...
SI TRISTE...
YORI...

FUUU
WOOOF
YORI, TU ME CHATOUILLES...
SLIP SLIP
YORI, TU...
YORI...
PETIT YORI...
YORI ?
YORI...
HUUU...
YORI !
GNAAAP

JE N'AVAIS JAMAIS REMARQUÉ...
À QUEL POINT CETTE CHAMBRE ÉTAIT GRANDE...
OUAF !
PETIT YORI...
OUAF !
C'EST TOI QUI VAS ME CONSOLER ?
HÉ HÉ ! CE SOIR, ON VA DORMIR TOUS LES DEUX DANS LE LIT DE YORI ! ♡
OUAF !
OUAF !
FUUUSH
L'ODEUR...
DE MON FRÈRE...

LA MAISON VA PARAÎTRE BIEN VIDE, MAINTENANT...
OÙ EST IKU ?
HMM...
ELLE EST SÛREMENT MONTÉE DANS SA CHAMBRE...
OUAF

SA JOUE NE ME SUFFIT PAS...
J'AI BESOIN DE PLUS !
ATTENTION À LA FERMETURE DES PORTES !
YORI...

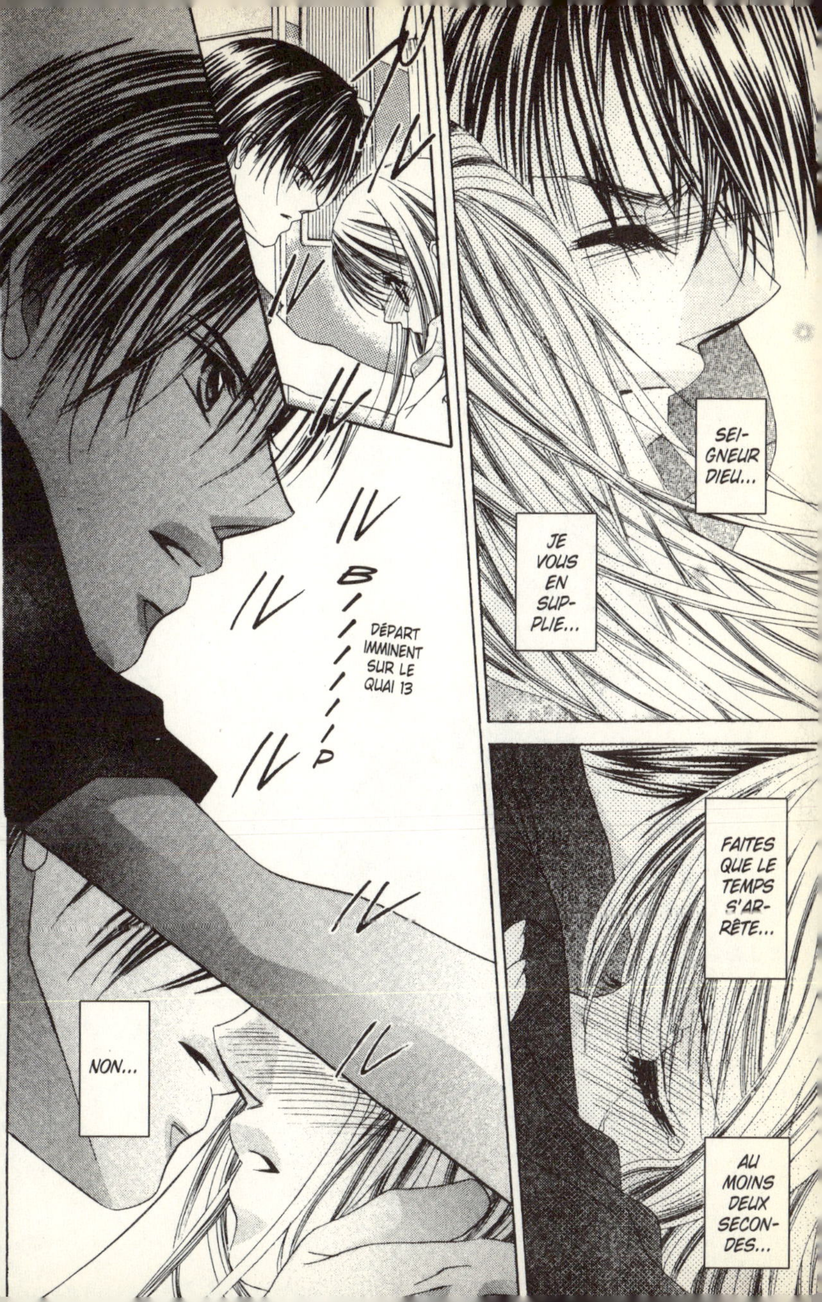
SEIGNEUR DIEU...
JE VOUS EN SUPPLIE...
DÉPART IMMINENT SUR LE QUAI 13
FAITES QUE LE TEMPS S'ARRÊTE...
AU MOINS DEUX SECONDES...
NON...

ちう♡
GNAAAD
PRENDS SOIN DE TOI, YORI...
MAMAN AUSSI !
IKU ?

PAPA !
GNAAAAP
HÉ BÉ !
HEIN ?
CES DERNIERS INSTANTS, JE VEUX LES PAS-SER EN FAMILLE !
BOM
BOM
BATTEMENTS
TU NOUS DÉRANGES...
QU...
À PLUS, PAPOUNET !
SMACK !
WHAAA ! FISTON !

JE SUIS POURTANT...
LA SŒUR DE YORI...
TOMOKA ! DÉGAGE DE LÀ !
ZAAASH
HEIN ?

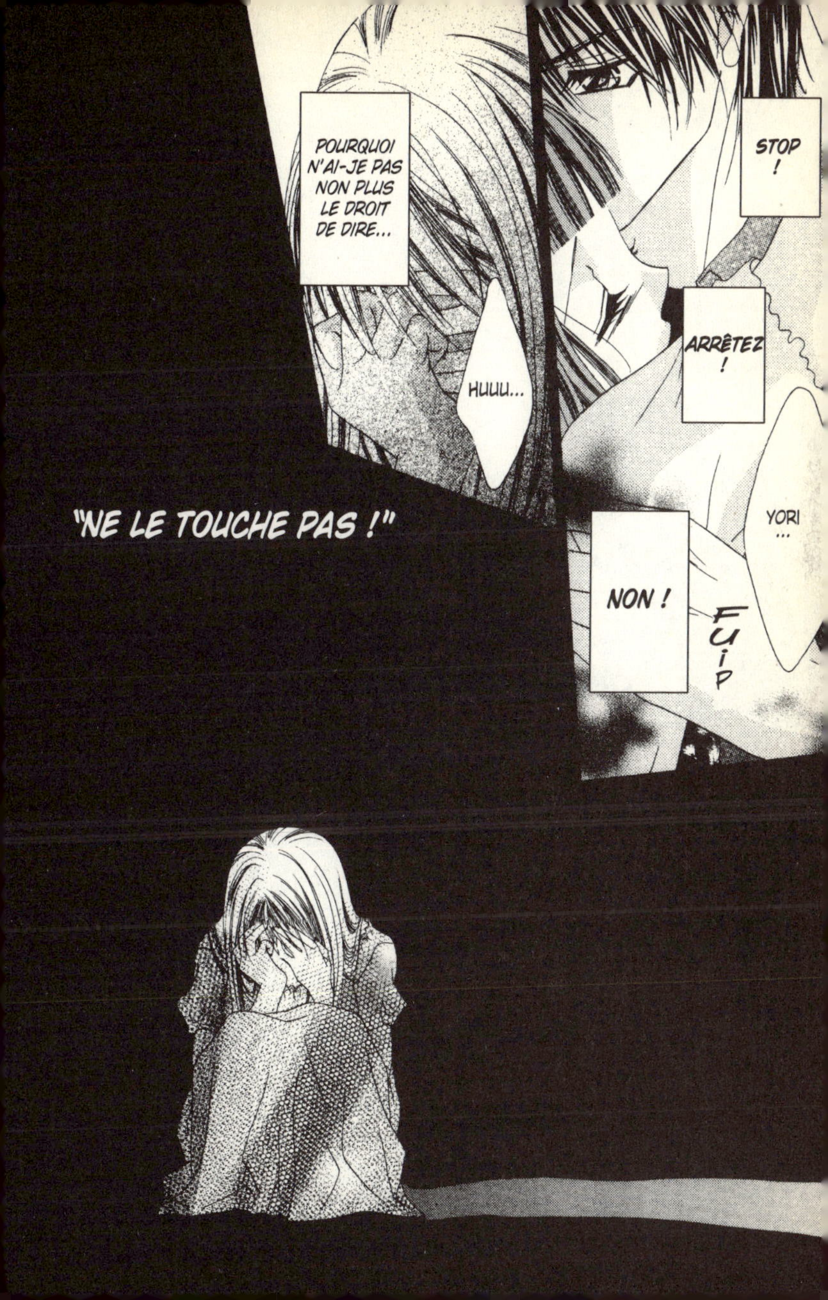
STOP !
POURQUOI N'AI-JE PAS NON PLUS LE DROIT DE DIRE...
ARRÊTEZ !
HUUU...
YORI ...
NON !
FUIP
"NE LE TOUCHE PAS !"

POURQUOI TOMOKA A-T-ELLE LE DROIT ?
ALORS QUE TOUT M'EST INTERDIT À MOI...
POUR-QUOI ?
YORI ...
HUU ...
NON !
QU... !

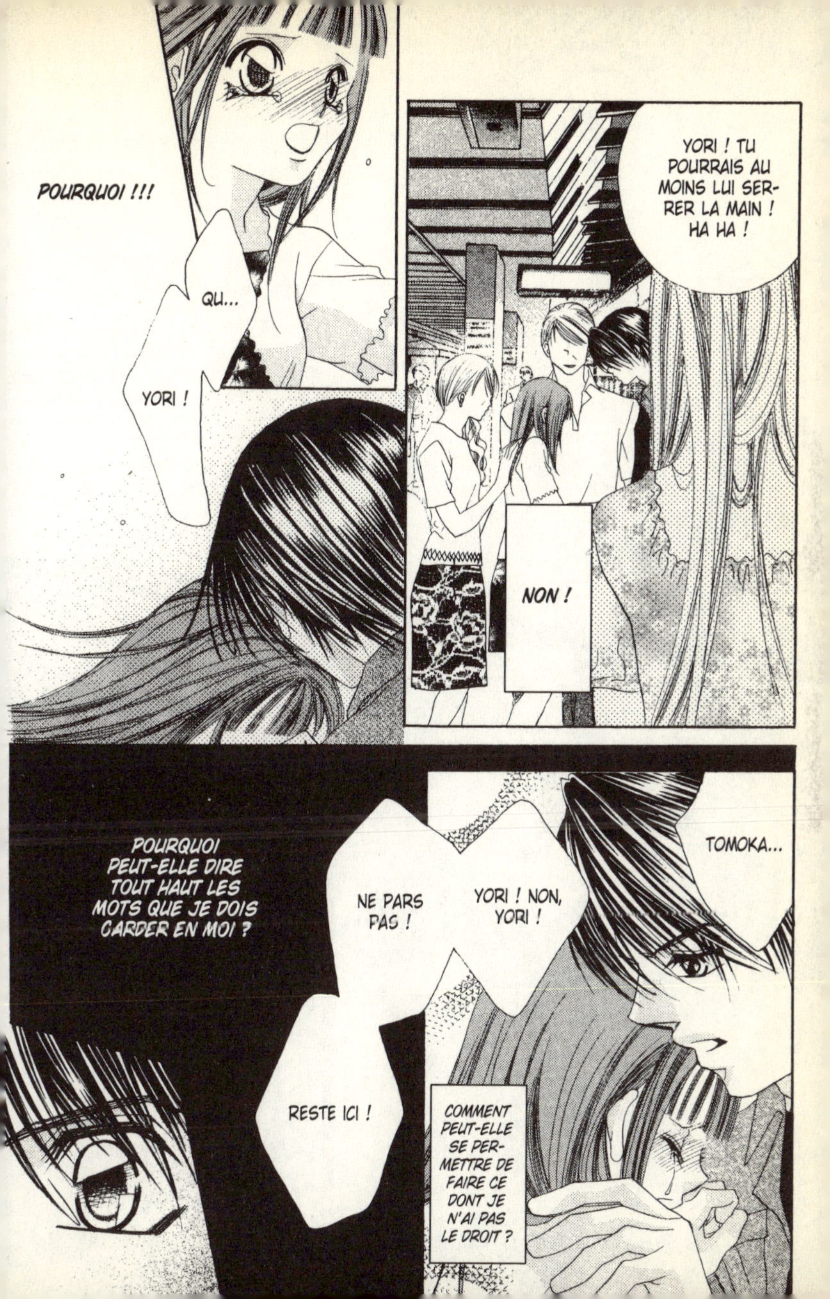
YORI ! TU POURRAIS AU MOINS LUI SERRER LA MAIN ! HA HA !
NON !
POURQUOI !!!
QU...
YORI !
TOMOKA...
YORI ! NON, YORI !
NE PARS PAS !
POURQUOI PEUT-ELLE DIRE TOUT HAUT LES MOTS QUE JE DOIS GARDER EN MOI ?
RESTE ICI !
COMMENT PEUT-ELLE SE PERMETTRE DE FAIRE CE DONT JE N'AI PAS LE DROIT ?

TO... TOMOKA ?!?
TOMOKA ? MAIS QU'EST-CE QUE TU...
J'AI APPRIS QUE C'ÉTAIT AUJOURD'HUI QUE TU PARTAIS ET...
JE VOULAIS TE REVOIR...
FUIP
SACRÉ YORI ! TU NOUS AVAIS CACHÉ QUE C'ÉTAIT TA PETITE AMIE !
BOM
HOO !
TU ES VENUE LUI DIRE AU-REVOIR, TOMOKA ?
BOM BOM

YORI ! NON, N'Y VA PAS !

"N'Y VA PAS !"
HAA...
NE PARS PAS ...
HUUU...
HMM ?

HUUU...
IL VA PARTIR ...
HUUU...
JE SAIS BIEN QUE...
JE NE DOIS PAS LE DIRE...

IKU, TU N'AS RIEN À DIRE À TON GRAND-FRÈRE AVANT QU'IL PARTE ?
TU NE LE REVERRAS PAS AVANT UN CERTAIN TEMPS !
NON...
QU'IL SOIT LÀ OU PAS, C'EST PAREIL !
QU'IL PARTE SI ÇA LUI FAIT PLAISIR !
IKU !
LE DÉPART DE YORI...
NE ME FAIT NI CHAUD NI FROID ! PFFF !
JE MEURS D'EN-VIE...
DE LE TENIR DANS MES BRAS...
LE TRAIN À DESTINATION DE...
J'AURAI ENFIN LA CHAMBRE POUR MOI TOUTE SEULE !
JE PRO-NONCE DES MOTS...
QUE JE NE PENSE PAS DU TOUT...
JE SUIS TELLEMENT TRISTE QU'IL PARTE...

ET JE NE PEUX PAS !
TAP TAP
HÉ YORI, PRENDS ÇA AUSSI !
SOIS TOUJOURS POLI AVEC LE GARDIEN DE L'INTERNAT !
ET PUIS...
ÇA VA, J'AI COMPRIS PAPA !
Y'EN A TROP
ZAAAM
PRENDS SOIN DE TOI !
DONNE-NOUS DE TES NOUVELLES !
OUI, NE VOUS INQUIÉTEZ PAS.
MERCI

PEUT-ÊTRE QUE...
JE SUIS TROP AMOUREUSE DE YORI...
ET QUE J'AI PERDU TOUS MES REPÈRES...
JUSQU'OÙ UN FRÈRE ET UNE SŒUR ONT-ILS LE DROIT D'ALLER DANS LES CONTACTS PHYSIQUES ?
JE N'EN AI PLUS AUCUNE IDÉE...
JE VEUX TELLEMENT...
LE TOUCHER...

OK !
ALORS IKU, TU MONTES OU QUOI ?
PAPA, ON PEUT SE DÉPÊCHER S'IL TE PLAÎT ?
VROOOOM
JE N'AI PAS LE DROIT DE LE TOUCHER ?
ET MÊME LUI TENIR LE BRAS ?
J'AI L'IMPRESSION...
QU'AVANT NOUS ÉTIONS TOUT DE MÊME PLUS PROCHES...
BOM
BOM

FUIP
BOM
BOM
NE ME TOUCHE PAS...
BOM
BOM
IKU...
BOM
BOM
PAPA ET MAMAN VONT TROUVER ÇA BIZARRE...

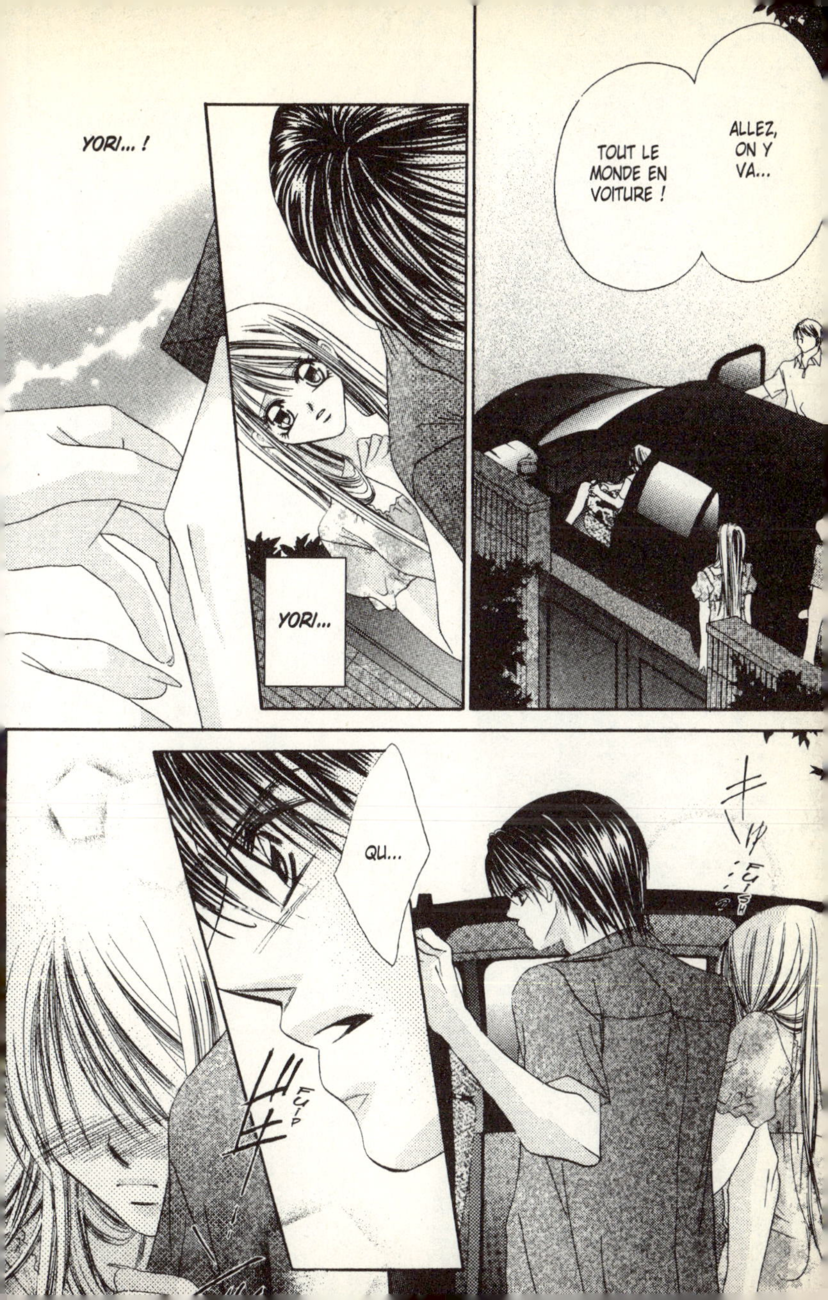
ALLEZ, ON Y VA...
TOUT LE MONDE EN VOITURE !
YORI...
YORI... !
FUISH
QU...
FUIP

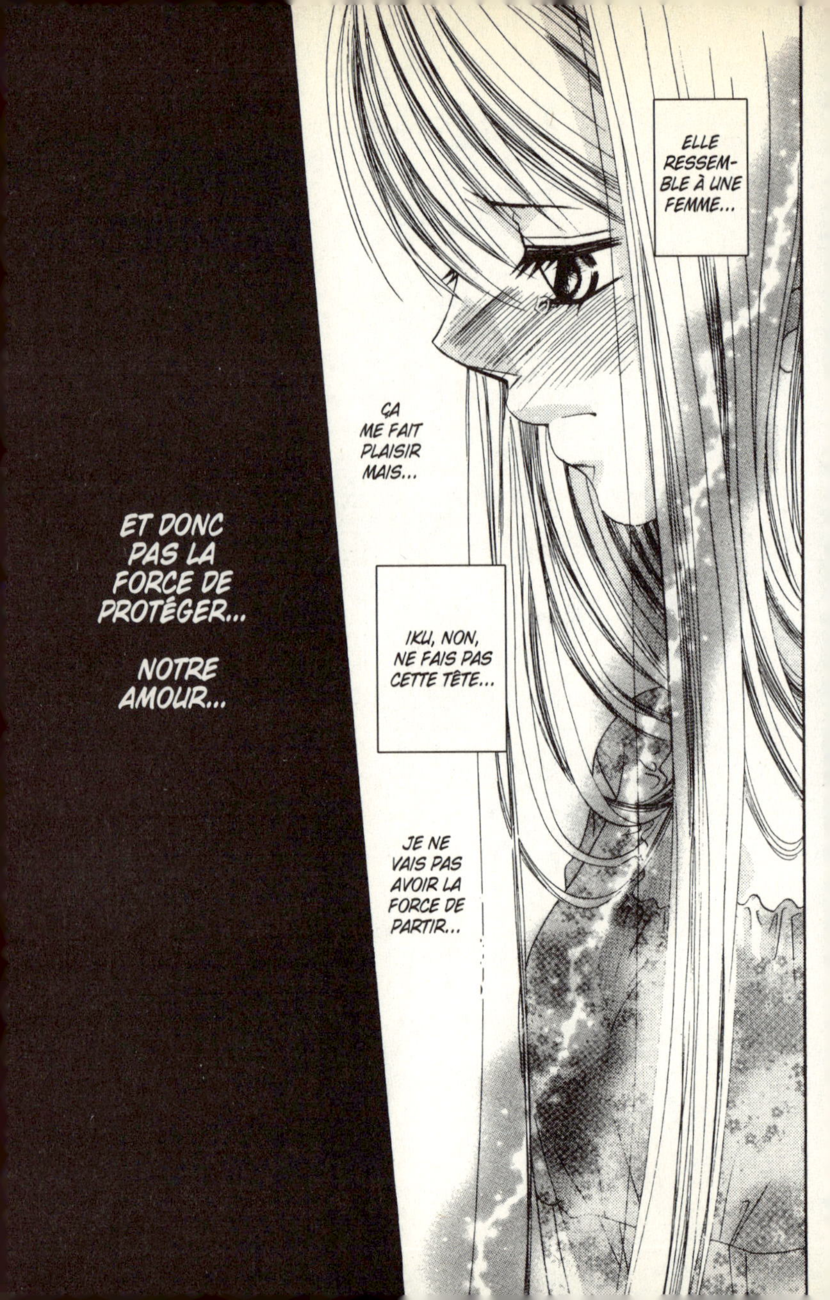
ELLE RESSEMBLE À UNE FEMME...
ÇA ME FAIT PLAISIR MAIS...
IKU, NON, NE FAIS PAS CETTE TÊTE...
JE NE VAIS PAS AVOIR LA FORCE DE PARTIR...
ET DONC PAS LA FORCE DE PROTÉGER...
NOTRE AMOUR...

JE NE VOUS CACHE RIEN DU TOUT, PAPA...
MAIS JE VOULAIS VRAIMENT ÊTRE DANS LE MEIL-LEUR LYCÉE POUR MA SPÉCIA-LITÉ...
EN TOUT CAS, MERCI D'AVOIR EXAUCÉ MON VŒU...
IMPOSSIBLE DE LEUR AVOUER...
KLING
AAAH...
ET VOILÀ ...
DANS CES MOMENTS ...

PAPA !
MOI NON PLUS JE N'AI PAS ENVIE DE LE VOIR PARTIR...
PAPA...
......
TEL PÈRE TELLE FILLE...
YORI...
JE N'AI TOUJOURS PAS COMPRIS LES VÉRITABLES MOTIVATIONS QUI TE POUSSENT À PARTIR LOIN D'ICI...
LE LYCÉE DES ENVIRONS N'ÉTAIT POURTANT PAS D'UN MAUVAIS NIVEAU, NON ?
BIEN-SÛR, JE RESPECTE TA DÉCISION MAIS...
TU ES SÛR QUE TU NE NOUS CACHES PAS LA VÉRITABLE RAISON ?
HMM...

YORI ! C'EST BIENTÔT L'HEURE D'Y ALLER !
TES BAGAGES SONT PRÊTS ?
ATTENDS, MAMAN ! JE NE RETROUVE PAS MON SAC !
HEIN ?
!
IKU ! OÙ AS-TU PLANQUÉ LE SAC DE TON FRÈRE ! AVOUE !
NON ! C'EST PAS MOI ! C'EST LE CHIEN QUI LUI A FAIT UNE FARCE ! JE VOUS JURE !
BING
ET MES CHAUSSURES ?!?
IKU !

16e secret : Séparation dans les larmes

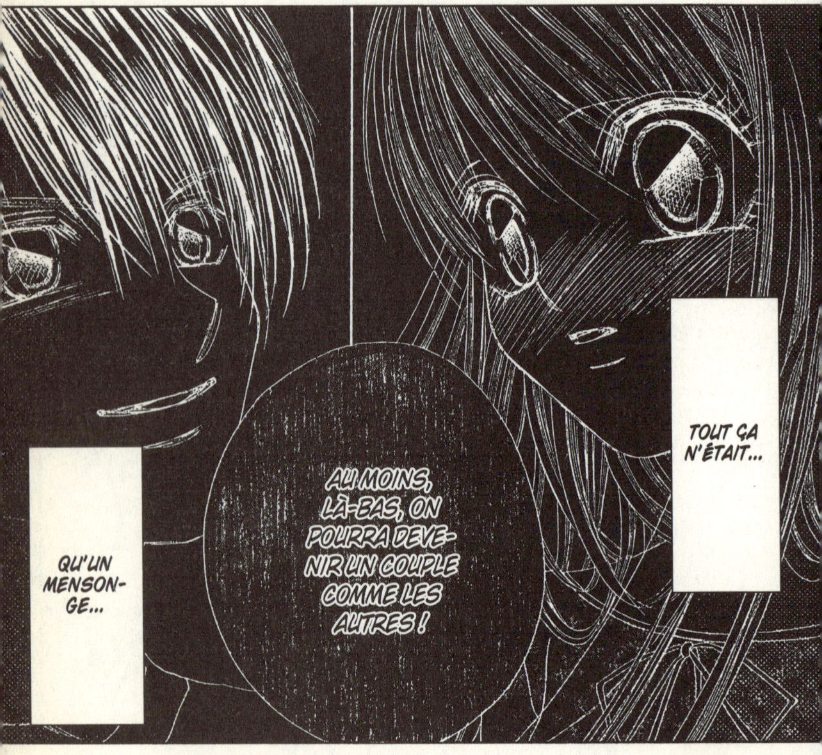

JE SUIS PARTI LOIN DE MA FAMILLE POUR DES RAISONS...

QUE JE NE POUVAIS PAS AVOUER À IKU...

Secret Sweetheart

ZAAAP
ON VA LUI MONTRER...
CE QUE C'EST QUE DEUX AMOUREUX QUI S'EMBRASSENT...

T'AS INTÉRÊT À VENIR ME VOIR !
JE T'ATTENDS !
OUI...
OUI...
HUU...
YORI ! NON ! ON POURRAIT NOUS VOIR !
NOUS SOMMES SEULS...
NON, LE CHIEN...

J'AI PRIS MA DÉCISION !
POUR LE NOM DU CHIOT !
ZAAAAM
JE VAIS L'APPELER YORI !
GYOOOP
HEIN ?
YORI ! ASSIS ! ALLEZ !
J'AI DIT ASSIS !
SURiiiiTCH
SURiiiiTCH
HÉ ! DU CALME !
LUI NON-PLUS...
IL NE M'ÉCOUTE PAS...
WHAAA !

AU MOINS, LÀ-BAS, ON POURRA DEVENIR UN COUPLE COMME LES AUTRES !
QU...
EN ATTENDANT...
ON VA ÊTRE SÉPARÉS...
IKU...

PARCE QUE...
MÊME EN RESTANT ICI, ON NE PEUT PAS SE TENIR LA MAIN DE-VANT LES AUTRES...
ON NE PEUT PAS SE SERRER L'UN CONTRE L'AUTRE...
ON NE PEUT PAS S'EMBRAS-SER...
BOUAP
ET IMPOSSIBLE MÊME DE SE DIRE "JE T'AIME"...
EN REVANCHE, LOIN D'ICI...
PERSONNE NE NOUS CONNAIT...
ON POURRA FAIRE TOUT CE QUI NOUS EST INTERDIT ICI...
TU NE PENSES PAS QUE C'EST UNE BONNE CHOSE ?

PARCE QUE... JE VEUX ENTRER À L'UNIVERSITÉ DE TÔDAI ENSUITE...
MENTEUR !
EN EFFET, CE N'EST PAS POUR ÇA...
TU SAIS, MOI AUSSI ÇA NE M'AMUSE PAS DE PARTIR DANS UN INTERNAT...
HEIN ?
ALORS DANS CE CAS...

TU VAS DONC VRAIMENT PARTIR LOIN D'ICI ?
HAA...
POURQUOI ME LAISSES-TU SEULE ?

COMMENT VAS-TU L'AP-PELER ?
AAAH...
YORI...
QU...
TU VAS DONC...

POUR QUE TU TE SENTES...
MOINS SEULE SANS MOI...
OUAF !
IKU, TU AS UNE IDÉE DE NOM ?

OUAF !
UN CHIOT !!!
OUAF !
OUAF !
HAA
HAA
J'AI DEMANDÉ À PAPA ET MAMAN. ILS ONT ACCEPTÉ...

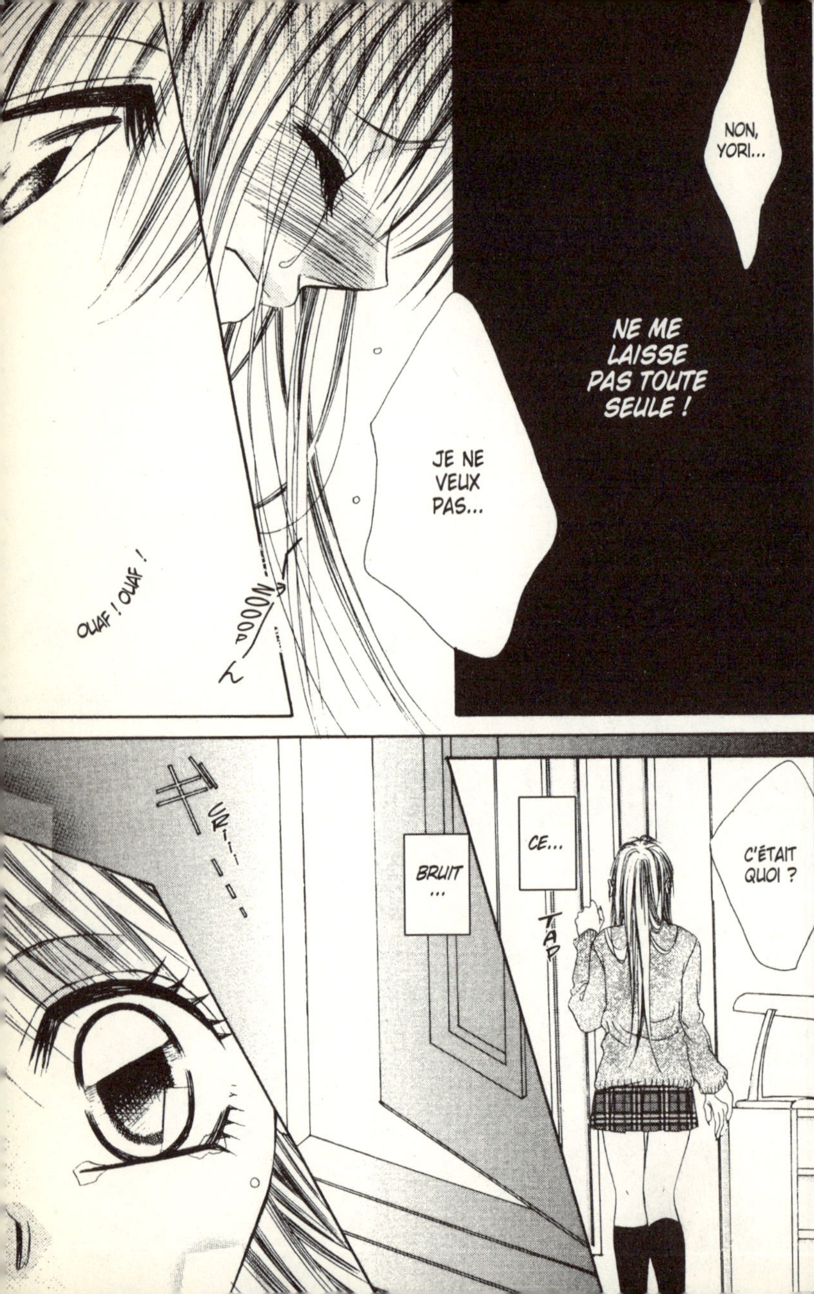
NON, YORI...
NE ME LAISSE PAS TOUTE SEULE !
JE NE VEUX PAS...
NOOOoo
OUAF ! OUAF !
C'ÉTAIT QUOI ?
CE...
BRUIT...
TAP
URIIII

HEIN ?
IL VA PARTIR !
NON !
YORI !
TAP TAP
TAP
TAP
TAP
ZAAASH !!
FLAP
NON ! NON !
POURQUOI !
POURQUOI PARS-TU ?!?
ZAAASH
VOOOP
N'Y VA PAS !
ATTENDS !
RESTE AVEC MOI !

SHHHH
...?
HAA...
BON, J'AI COMPRIS...

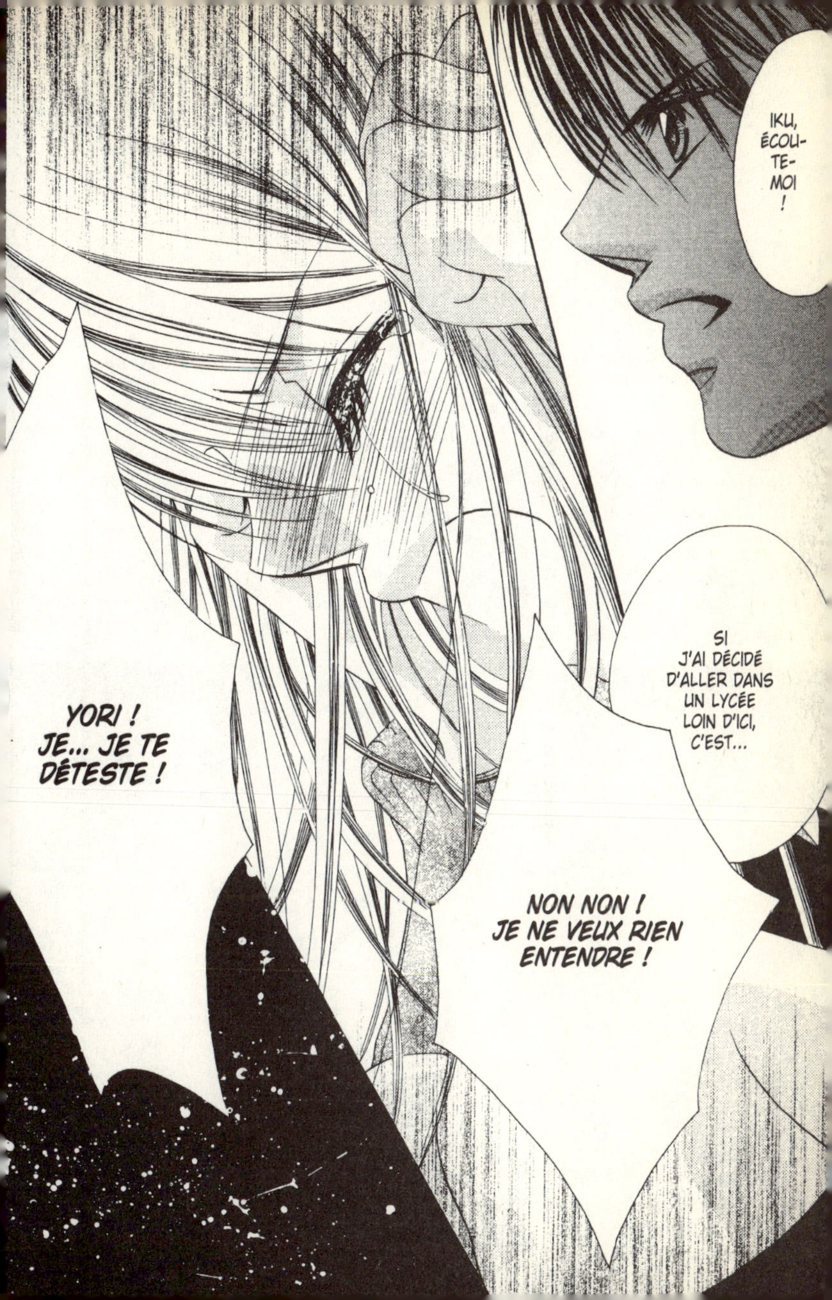
IKU, ÉCOUTE-MOI !
SI J'AI DÉCIDÉ D'ALLER DANS UN LYCÉE LOIN D'ICI, C'EST...
YORI ! JE... JE TE DÉTESTE !
NON NON ! JE NE VEUX RIEN ENTENDRE !

IKU...
TU M'ENTENDS ?
EXCUSE-MOI...
JE VAIS TOUT T'EXPLIQUER ALORS OUV...
NON !
J'EN AI RIEN À FAIRE DE TES EXPLICATIONS !

OUI, JE SAIS...
HUU...
JE SAIS MAIS...
JE...
JE NE VEUX PAS VIVRE LOIN DE LUI...
MAMAN, LAISSE-NOUS TOUS LES DEUX UN MOMENT...
HAAA...
HÉ BIEN, C'EST PAS TROP TÔT ! ESSAIE DE RAISONNER TA SŒUR !
OUI MAMAN...
MERCI...
TAP TAP
TOC TOC
IKU ?

IKU !
LA COMÉDIE A SUFFISAMMENT DURÉ ! OUVRE !
KLONG !
JE N'OUVRIRAI PAS TANT QUE YORI NE SERA PAS REVENU SUR SA DÉCISION !
KLONG !
KLONG !
OUIIIN !
IKU ! ÇA SUFFIT MAINTENANT !
JE TE SIGNALE QUE YORI S'EST DONNÉ DU MAL POUR ENTRER DANS CE LYCÉE DE HAUT NIVEAU !
TU POURRAIS AU MOINS LE FÉLICITER, NON ?

TU ES TELLEMENT MIGNONNE...
HÉ HÉ
ET ÇA TE FAIT RIRE, TOI ?
RHAAAA !
BRRR !
BRRR !
BRRR !
TU...
YORI, TU N'ES QU'UN CRÉTIN, VOILÀ !
HÉ !
IKU ! IKU !
ÇA VA DURER ENCORE LONG-TEMPS ?
TOC TOC

MAIS C'EST PARCE QUE JE T'AIME !
DIS-LE-MOI...
JE...
PARCE QUE JE VEUX VIVRE AUPRÈS DE TOI !

IKU... TU PLEURES ?
L'IDÉE QUE JE PARTE TE REND TRISTE ?
OUI, BIEN SÛR !
TU VEUX QUE JE RESTE AUPRÈS DE TOI ?
OUI !
OUI !
ET POURQUOI TIENS-TU TANT À CE QUE JE RESTE ?
HUU ...
ALORS ?

JE TE DÉTESTE, YORI...
PARDON...
HÉ BIEN ! CES DEUX LÀ SONT VRAIMENT AT-TACHÉS L'UN À L'AUTRE...
HMM
HMM
QUELLE GALÈRE...
JE LUI DE-MANDERAI AUSSI CE QU'ELLE LUI TROUVE...
DIS, YORI...
TU VAS RESTER PRÈS DE MOI, HEIN ?

YORI !
ZAAAASH
IKU...
C'EST VRAI CE QUE LES AUTRES DISENT ?!?
OUPS...
BOUHOU !
OUIIIIN !
PSHHH
POURQUOI !
JE CROYAIS QUE TU AVAIS RENONCÉ À PARTIR ! ALORS POURQUOI !
IKU, JE VAIS T'EXPLIQUER...
WHAAA !
ET PUIS OÙ SONT PASSÉS TOUS TES BOUTONS ! TU AS LAISSÉ D'AUTRES FILLES TE TOUCHER, C'EST ÇA ?!?
IMBÉCILE !
頼のばかぁっ
HAA...
PARDON...
BON, MOI JE DÉRANGE...

MAIS D'AUTRES FOIS, C'EST L'ENVIE DE TOUT CASSER, DE TOUT DÉTRUIRE QUI PREND LE DESSUS...
C'EST SÛREMENT ÇA LE PRIX À PAYER POUR UN LOURD SECRET...
TOP
J'EN SAIS TROP RIEN...
TCHAC
MER-DE !

FUU...
QUOI ?
D'APRÈS TOI ?
POURQUOI TU M'EN PARLES ?
!...
PARCE QUE DES FOIS...
J'AI ENVIE DE PROTÉGER MON JARDIN SECRET TOUT SEUL...

ET TU SAIS QUOI ?
JE N'AI JAMAIS ÉTÉ AUSSI HEUREUX DE MA VIE !
J'ÉTAIS PERSUADÉ QUE...
TANT QU'IKU NE ME REJETAIT PAS...
J'ÉTAIS INCAPABLE DE ME SÉPARER D'ELLE...
ET POURTANT...

YORI...
T'ES SÛR QUE TU PEUX ME FAIRE CONFIANCE ?
HA HA !
JE SAIS PAS TROP EN FAIT...
TU N'AS PAS L'AIR ÉTONNÉ...
SI ! ET PAS QU'UN PEU !
AH BON ?
Y'A PAS LONGTEMPS...
ON A COUCHÉ ENSEMBLE POUR LA PREMIÈRE FOIS...

TOUTES CES LOULOUTES ÉTAIENT PANIQUÉES EN APPRENANT QUE TU PARTAIS DANS UN AUTRE LYCÉE...
ET SINON, TA SŒUR ?
ELLE A PLEURÉ QUAND ELLE L'A APPRIS ?
HMM...
ELLE EST SÛREMENT EN TRAIN DE PLEURER, OUI...
YANO...
J'AI DES LIENS INCESTUEUX AVEC MA SŒUR...
JE VEUX QUE TU GARDES POUR TOI CE SECRET MAIS...

YANO ! PASSE-MOI DU FEU...
HMM...
FÉLICI-TATIONS, GRAINE DE PLAY BOY !
C'EST DINGUE LE SUCCÈS QUE TU AS EU ! ♡
HÉ HÉ
FUIP
TOUTES LES FILLES LUI ONT DEMANDÉ UN BOUTON EN SOUVENIR...
OUAIS BON ÇA VA !

OOOH, YORI ! IL EST TROP BEAU !
AH LÀ LÀ ! MON CŒUR BAT À TOUT ROMPRE POUR LUI ! MÊME SI JE SAIS QU'IL A UNE COPINE, JE NE PEUX PAS ME RETENIR...
GRR, POURQUOI C'EST LUI ET PAS MOI LE REPRÉSENTANT !
BOM
BOM
BOM
BOUHOU...
EN ALLANT AU LYCÉE, RIEN NE VA VRAIMENT CHANGER. PUISQU'ON VA TOUTES DANS LE MÊME LYCÉE.
ET POURTANT, JE N'ARRIVE PAS À RETENIR MES LARMES !
KYAAA ! YORI EST TROP CRAQUANT !
BOOUUH
HÉ MAIS ELLE CHIALE VRAIMENT EN PLUS ! T'AS AUCUNE RAISON DE PLEURER ! ON SERA ENSEMBLE !
OUI MAIS...
YORI LUI, IL VA DANS UN AUTRE BAHUT !

15e secret :
Fin de scolarité

15th secret
AU MOIS DE MARS DE LA MÊME ANNÉE...
J'APPELLE MAINTENANT...
YORI YÛKI, LE DÉLÉGUÉ DES DIPLÔMÉS DE CETTE ANNÉE...
LA CÉRÉMONIE METTANT UN TERME À NOTRE VIE DE COLLÉ-GIENS FUT ORGANISÉE...

Oh ! Une page blanche et libre ! Quelle chance !
C'est l'occasion pour moi d'y apposer des commentaires, en vrac et au hasard...

Le 23 août 2003, pour la première fois de ma vie, j'ai participé à une séance de dédicaces. Whou ! Je tiens encore une fois à remercier toutes les personnes ayant fait le déplacement. Ah oui, je leur demande également d'accepter mes excuses car stupide comme je suis, j'avais tellement le trac ce jour-là que j'étais totalement incapable de me montrer souriante et amicale. Il m'était tellement difficile d'aligner deux mots ! Heureusement que mon superviseur était là et qu'il a parlé à ma place avec tous les fans qui souhaitaient certainement s'adresser à moi ! Bref, je tiens à dire que la prochaine fois, je ferai un effort pour y arriver ! Haaa... Sinon, ce jour-là, j'étais habillée en kimono (super joli). Fait très rare d'ailleurs puisque même pour la cérémonie de mes 20 ans, j'étais vêtue d'une tenue tout à fait banale...

Vous vous en fichez certainement mais je viens de regarder un film super émouvant. J'ai chialé comme une madeleine et résultat, au moment où j'écris ces lignes, j'ai drôlement mal aux yeux...

J'aime bien lire les retours d'enquêtes des lecteurs. On apprend des trucs parfois très drôles. Continuez d'en envoyer !

J'en parlais à la fin du dernier volume mais ça y est ! J'ai enfin déménagé ! Maintenant, j'habite à deux pas de la rédaction. Ce qui fait que pour les réunions ou pour rendre mes pages, je n'ai qu'à marcher quelques minutes et je suis aussitôt dans les locaux !

Sinon, récemment j'ai acheté un chien ! Si vous saviez, il est troooop mignon ! C'est un « toy puddle » et devinez quel nom j'ai choisi ? Hé oui, ça ne pouvait être que « Yori » ! Mais comme le hasard fait bien les choses, sachez aussi que ma manager a également décidé de s'en prendre un de la même race. Alors elle a choisi une femelle et l'a baptisée « Iku » ! Marrant non ? Peut-être qu'à l'avenir, ces deux-là formeront un joli couple. (rires).

Qu'est-ce qu'elle est jolie Iku, quand même ! Aux côtés du petit chien Yori, elle l'est encore plus ! Ah oui, l'autre jour pendant la séance de signatures, un fan m'a demandé lequel je préférais entre Yori et Iku. Forcément, j'ai répondu « Yori ! » mais ça ne m'empêche pas d'adorer mon héroïne également, hein ! Son côté « tête en l'air » la rend craquante et en plus, elle est facile à dessiner. Pas comme son frère qui lui, est assez compliqué...

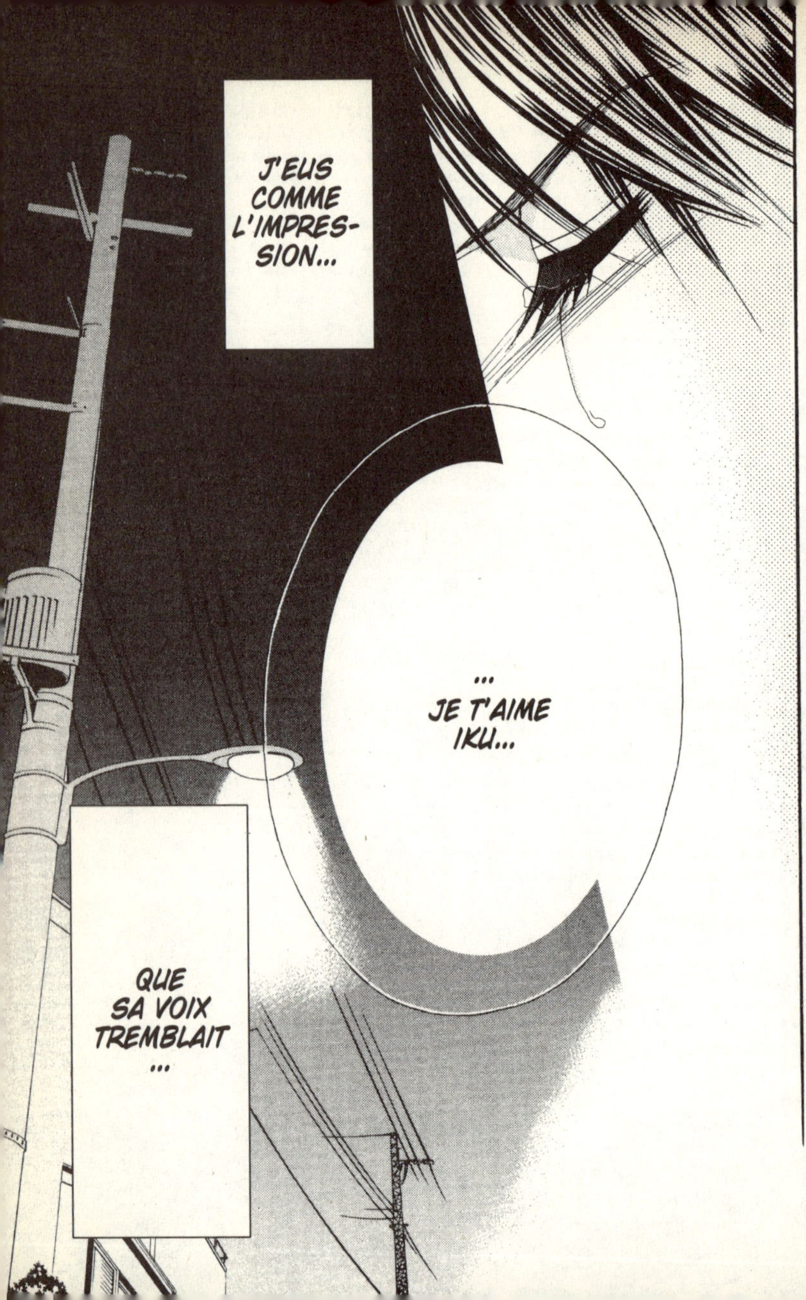
J'EUS COMME L'IMPRES-SION...
... JE T'AIME IKU...
QUE SA VOIX TREMBLAIT ...

J'ÉPROUVE D'ÉTRANGES SENTIMENTS...
QU'EST-CE DONC...
YORI...
YORI...
DES LARMES...
M'EN COULENT...
JE SUIS AMOUREUSE...
......
IKU...

ALLEZ YORI ! PLUS VITE, VOYONS !
REGARDE, IL FAIT DÉJÀ NUIT !
TOUT ÇA, C'EST DE TA FAUTE !
GRRR !
OUI...
TU N'ES QU'UN IMBÉCILE !
AH !
SES CHEVEUX AU VENT...

ふわ
FUISH

TU AS MAL ?
BUAAP
OUI !
TU VEUX BOIRE QUEL-QUE CHOSE ? DE L'EAU ? UN JUS ?
NON !
……
……
YORI ?
TU PEUX...
ME CARESSER LES CHE-VEUX ?

IKU !
PLOP
PLOP
ALLEZ, RÉVEILLE-TOI !
HMM...
ENCORE UN PEU...
NON, IL FAUT RENTRER MAINTENANT SINON...
ZOOOSH
...!?
?
PLUUUP
PLUUUP
FUISH
JE... J'AI MAL AU BAS DU VENTRE...
PLOP
HA !
......!
ZAAASH
GRRR !
ET POURQUOI TU ROUGIS COMME UNE PIVOINE, YORI !
NON NON, POUR RIEN...
HAA...

ELLE EST MA PETITE SŒUR...

ET JE L'AIME PLUS QUE TOUT...

FAITES QUE...
IKU...
NE ME MÉPRISE PAS APRÈS CELA...
ET OFFREZ-LUI... DE BEAUX RÊVES...

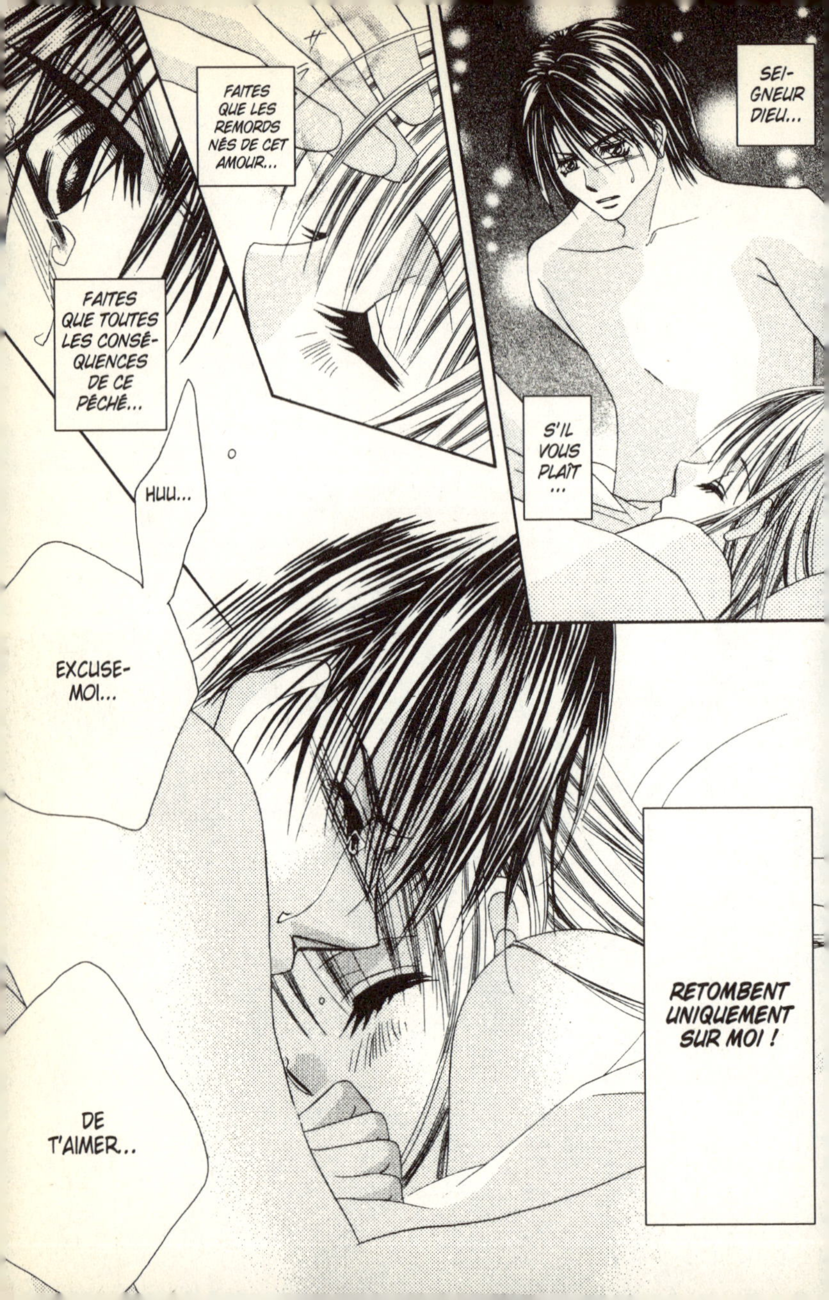
SEI-GNEUR DIEU…
S'IL VOUS PLAÎT…
FAITES QUE LES REMORDS NÉS DE CET AMOUR…
FAITES QUE TOUTES LES CONSÉ-QUENCES DE CE PÉCHÉ…
HUU…
RETOMBENT UNIQUEMENT SUR MOI !
EXCUSE-MOI…
DE T'AIMER…

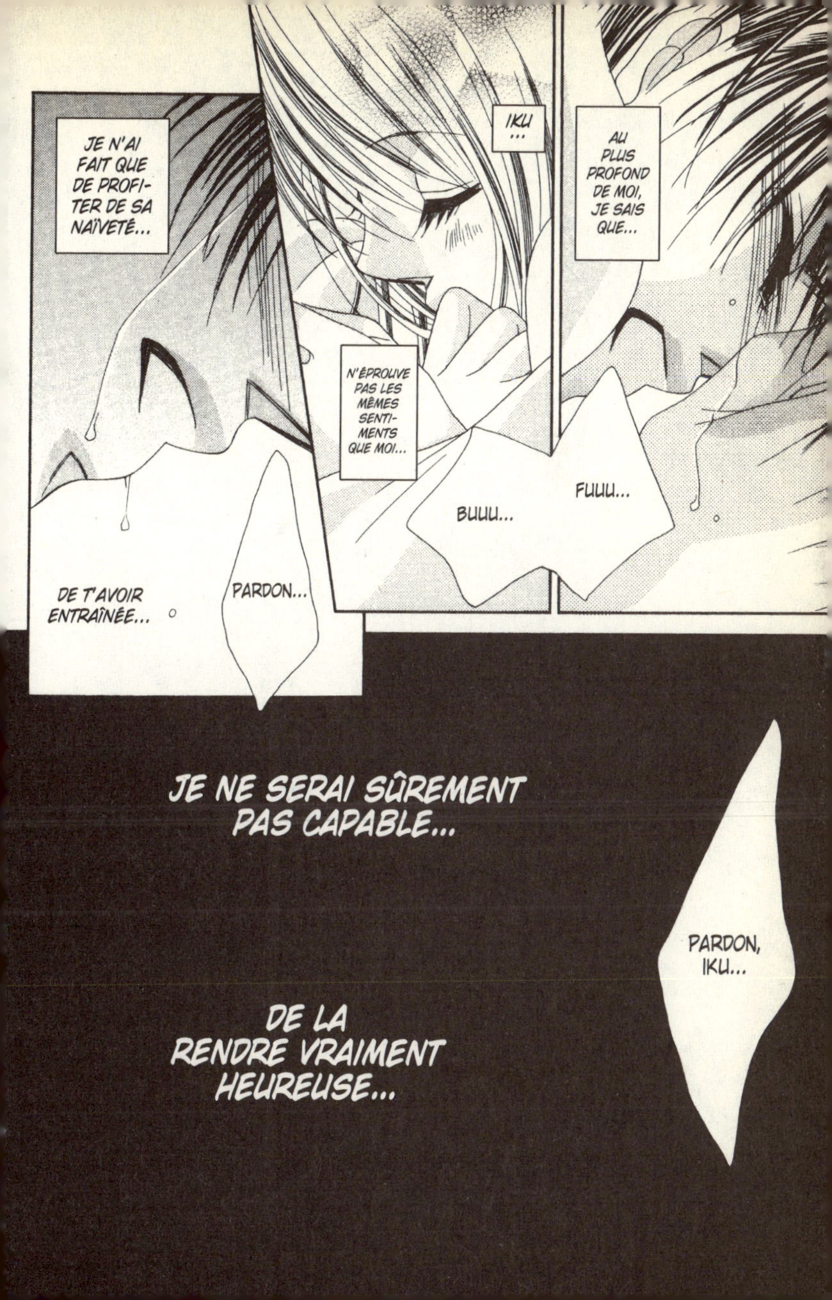
AU PLUS PROFOND DE MOI, JE SAIS QUE...
FUUU...
BUUU...
IKU ...
N'ÉPROUVE PAS LES MÊMES SENTI-MENTS QUE MOI...
JE N'AI FAIT QUE DE PROFI-TER DE SA NAÏVETÉ...
PARDON...
DE T'AVOIR ENTRAÎNÉE...
PARDON, IKU...
JE NE SERAI SÛREMENT PAS CAPABLE...
DE LA RENDRE VRAIMENT HEUREUSE...

PARDON...
IKU...
HUU...
HAA...

ET POURTANT...
PLIC

JE ME DEMANDE COMMENT ELLE ARRIVE À DORMIR AUSSI PAISIBLEMENT !
POUIC
HUU...
A-T-ELLE VÉRITABLEMENT CONSCIENCE...
DE CE QUE NOUS VENONS DE FAIRE ?
PENDANT 15 ANS...
JE N'AI EU DE CESSE...
DE LA VOULOIR...
DE LA DÉSIRER...
ET ENFIN...
ELLE EST À MOI...

ZZZZ
...
YO...RI...

NOUS AVONS
BRISÉ UN...
TABOU...

J'ESPÈRE QUE...
ÇA NE TE FERA PAS SOUFFRIR...

TA CANDEUR ME FAIT SOURIRE...
BOM
BOM
BOM
TU ES TELLEMENT JOLIE...
QUE TU ME FAIS PERDRE LA TÊTE...
BOM
BOM
YORI...
BOM
DIS...
ÇA TE FAIT MAL, LÀ ?
DIS-MOI...
ZUISH
TCHOP
JE...
JE NE SAIS PAS...
BOM
BOM

BOM
BOM
BOM
HMM
FUISH
HYAAA !
KLAAASH
JE PEUX SAVOIR CE QUI TE FAIT RIRE ?!?
HÉ
KLONG

BOM
S'IL TE PLAÎT...
BOM
BOM
HAAAN
FUISH
HAA...
YO... RI...
BOM
ELLE SE FAIT AVOIR...
SI NAÏVEMENT...
MAIS JE NE REGRETTE PAS...
J'AIME TELLEMENT TOUT EN ELLE...

NOON !
TA VOIX AUSSI...
EST COMME UNE INVITATION...
QU... !
WHAAAA !
HMMPF !
NON ! FAIS-MOI ÉCOUTER TA VOIX !
ELLE EST SI JOLIE...
HAAA ...
ÇA MONTE ...
JE SENS QUE LA TENSION MONTE EN MOI...
ENLÈVE TA MAIN !
SINON COMMENT VEUX-TU QUE JE T'EMBRAS-SE ?
HMM
HMMPF !!
QU...
JE VEUX TES LÈVRES...
JUSTE UN PETIT MENSONGE INNOCENT...
POUR AVOIR IKU...
LAISSE-MOI T'EMBRASSER, IKU...

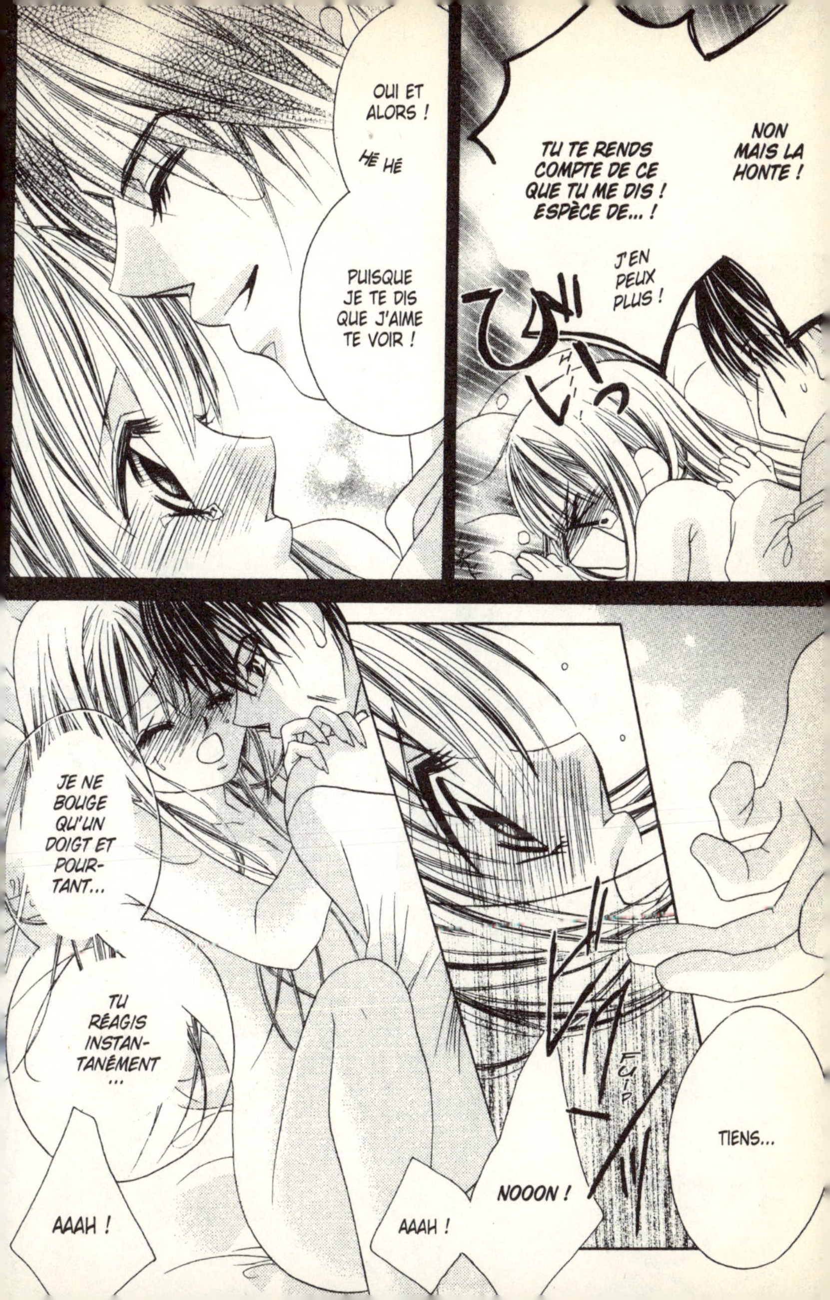
NON MAIS LA HONTE !
TU TE RENDS COMPTE DE CE QUE TU ME DIS ! ESPÈCE DE... !
J'EN PEUX PLUS !
OUI ET ALORS !
HÉ HÉ
PUISQUE JE TE DIS QUE J'AIME TE VOIR !
TIENS...
FUIP
NOOON !
AAAH !
JE NE BOUGE QU'UN DOIGT ET POURTANT...
TU RÉAGIS INSTANTANÉMENT ...
AAAH !

JE...
JE NE TIENS PLUS...
AHHH !
HAA
BOM
HUU...
BOM
BOM
MON CORPS EST...
CHAUD BOUILLANT...
HAA
TU ES BELLE, IKU...
J'AIME TON VISAGE QUAND TU PRENDS DU PLAISIR...
WHAAA !
QU... !

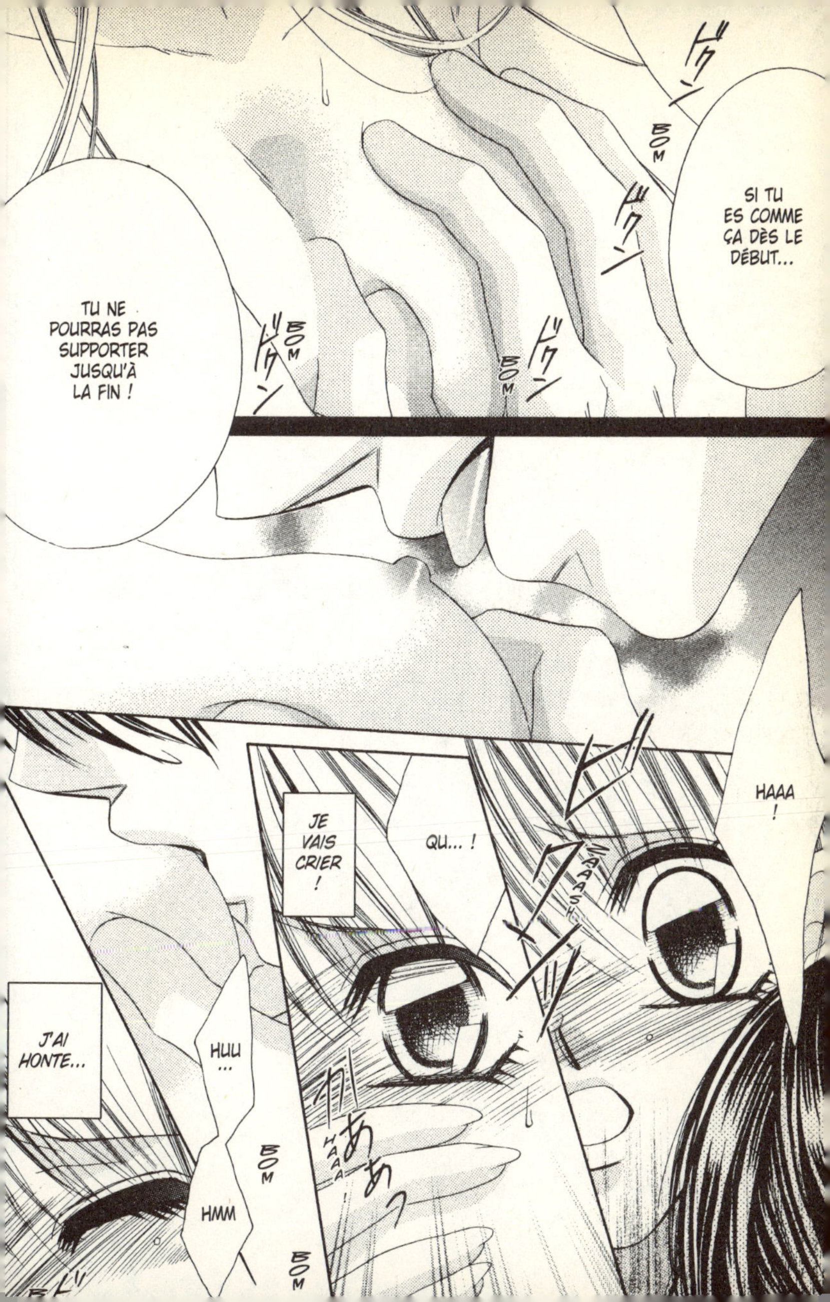

SI TU ES COMME ÇA DÈS LE DÉBUT...
BOM
BOM
BOM
TU NE POURRAS PAS SUPPORTER JUSQU'À LA FIN !
HAAA !
HAAASH
QU... !
JE VAIS CRIER !
HAAA !
BOM
BOM
HUU ...
HMM
J'AI HONTE...

BOM
NE ME REGARDE PAS !
ALORS...
ÇA ME GÊNE !
BOM
BOM
JE SUIS ROUGE DE HONTE...
POURQUOI ?
TON CORPS SI BLANC...
HAA !
NOOON !
HAAA !
TA PEAU SI DOUCE !
BOM
BOM
IKU...
JE SENS TON CŒUR QUI VA EXPLOSER ?
BOM
HAAA

IKU...
TU ES SPLENDIDE...
MON CŒUR BAT LA CHAMADE...

HMMM !
HAAA !
YORI !
HAAA !
NON !
ATT...
HMM
NO...
NON...
BOM
JE DEVIENS FOLLE...
FO...
BOM
FOLLE...
BOM
BOM

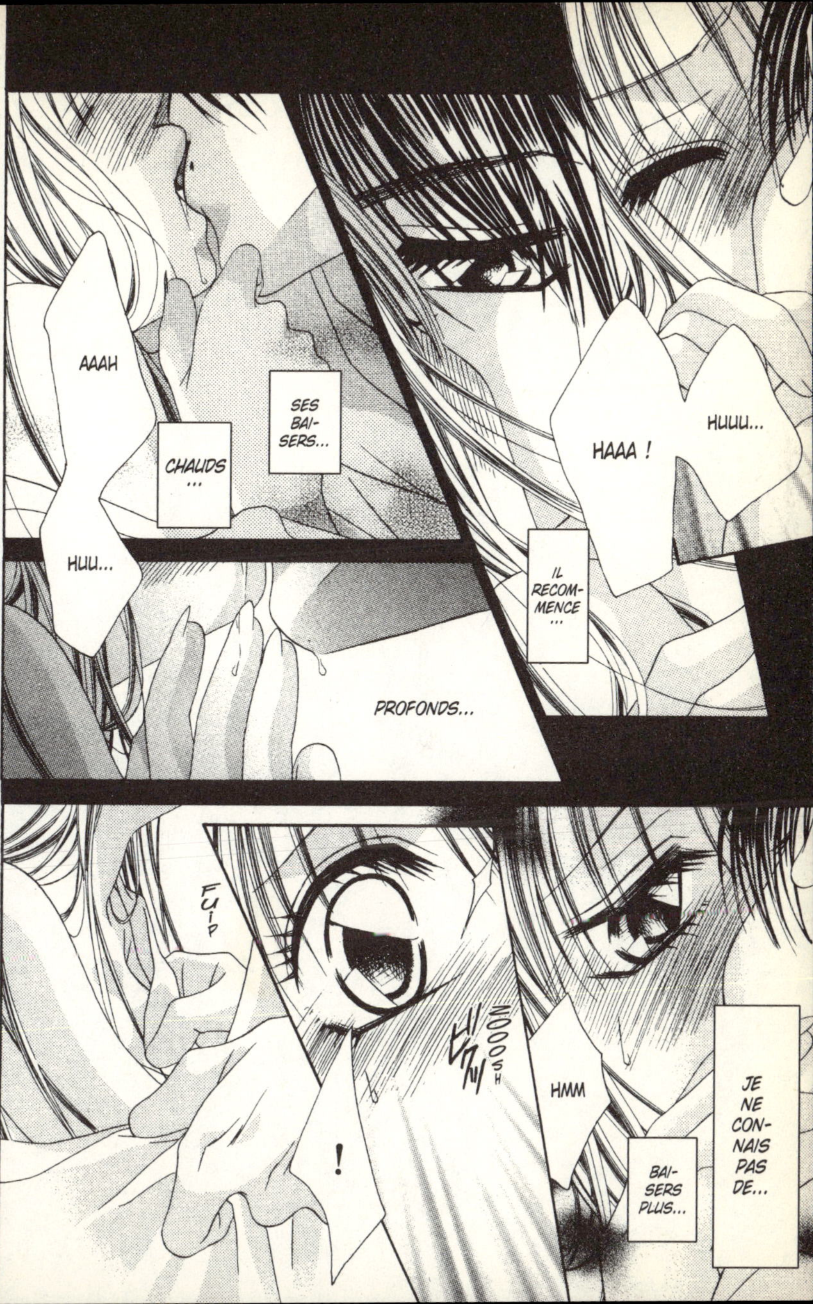
HUUU...
HAAA !
IL RECOMMENCE...
SES BAISERS...
CHAUDS...
AAAH
HUU...
PROFONDS...
JE NE CONNAIS PAS DE...
BAISERS PLUS...
HMM
ZOOOSH
!
FUIP

BOM
BOM
HAAA...
BOM
POUR QUE... NOUS NOUS AIMIONS ...
BOM
BOM
FUISH...
BOM
...!
ATTENDS...
S'IL TE PLAÎT, YORI...
BOM
NON !
JE NE T'ENTENDS PLUS...
BOM
!
YORI !!!
SI TU M'ENLÈVES TOUT ÇA...
JE N'AI JAMAIS ...
NE DIS PLUS UN MOT...

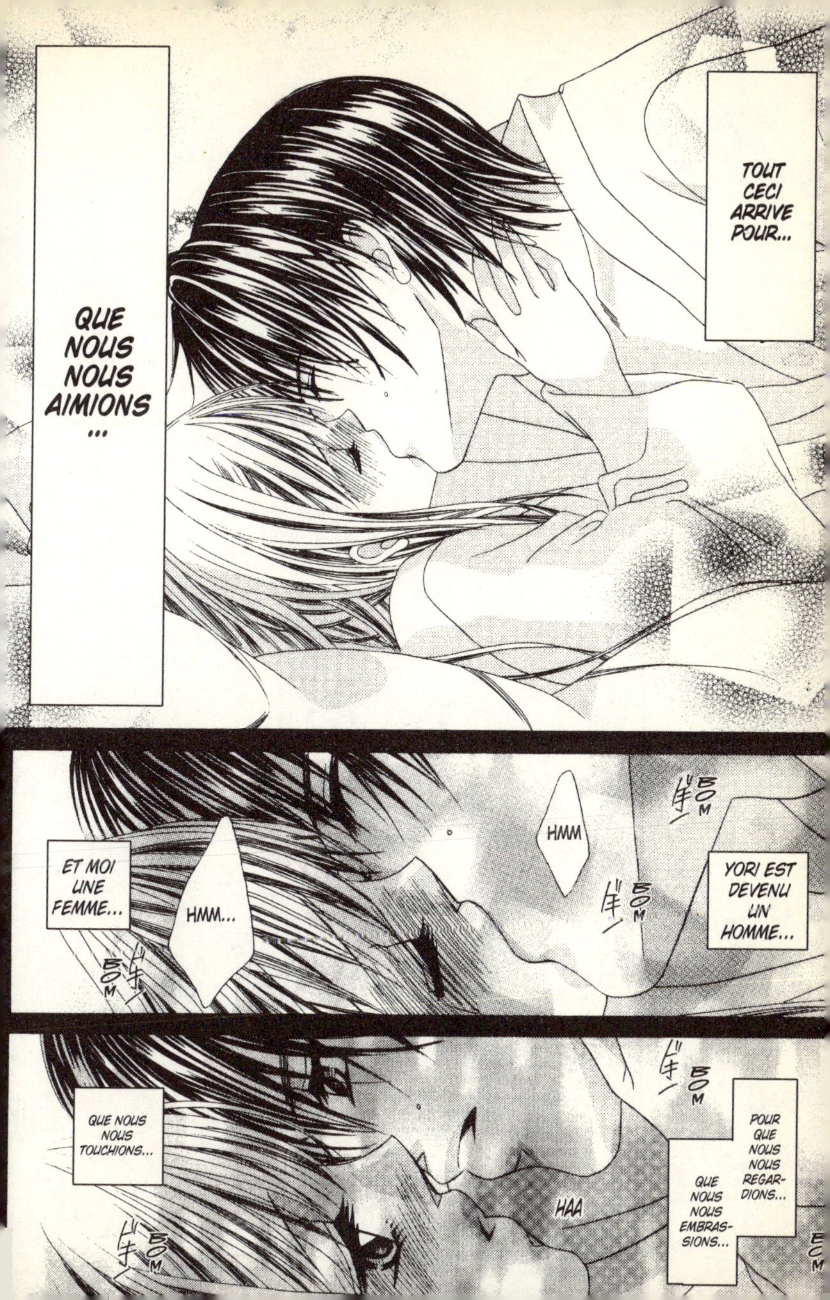
TOUT CECI ARRIVE POUR...
QUE NOUS NOUS AIMIONS ...
BOM
HMM
YORI EST DEVENU UN HOMME...
BOM
HMM...
ET MOI UNE FEMME...
BOM
BOM
POUR QUE NOUS NOUS REGARDIONS...
QUE NOUS NOUS EMBRASSIONS...
HAA
QUE NOUS NOUS TOUCHIONS...
BOM

14e secret : Éclosion des fleurs du mal

Secret Sweetheart

FUISH
YORI... ♥ ?
ZAAASH
ON LE FAIT ?
QU...
PLIC
MAIS SOIS DOUX, ALORS...
JE FERAI DE MON MIEUX...

JE
L'AIME...
C'EST POUR ÇA...

YORI, TU AS UN COMPORTEMENT INHABITUEL...
TU ES COMME UN ENFANT...
ET MOI JE RÉPONDS AU MOINDRE DE TES CAPRICES...
BOM
MA RÉACTION EST-ELLE... ANORMALE ?
FUISH
BOM
HÉ HÉ
QU'EST-CE QUE TU RACONTES ?
OUI, SÛREMENT...

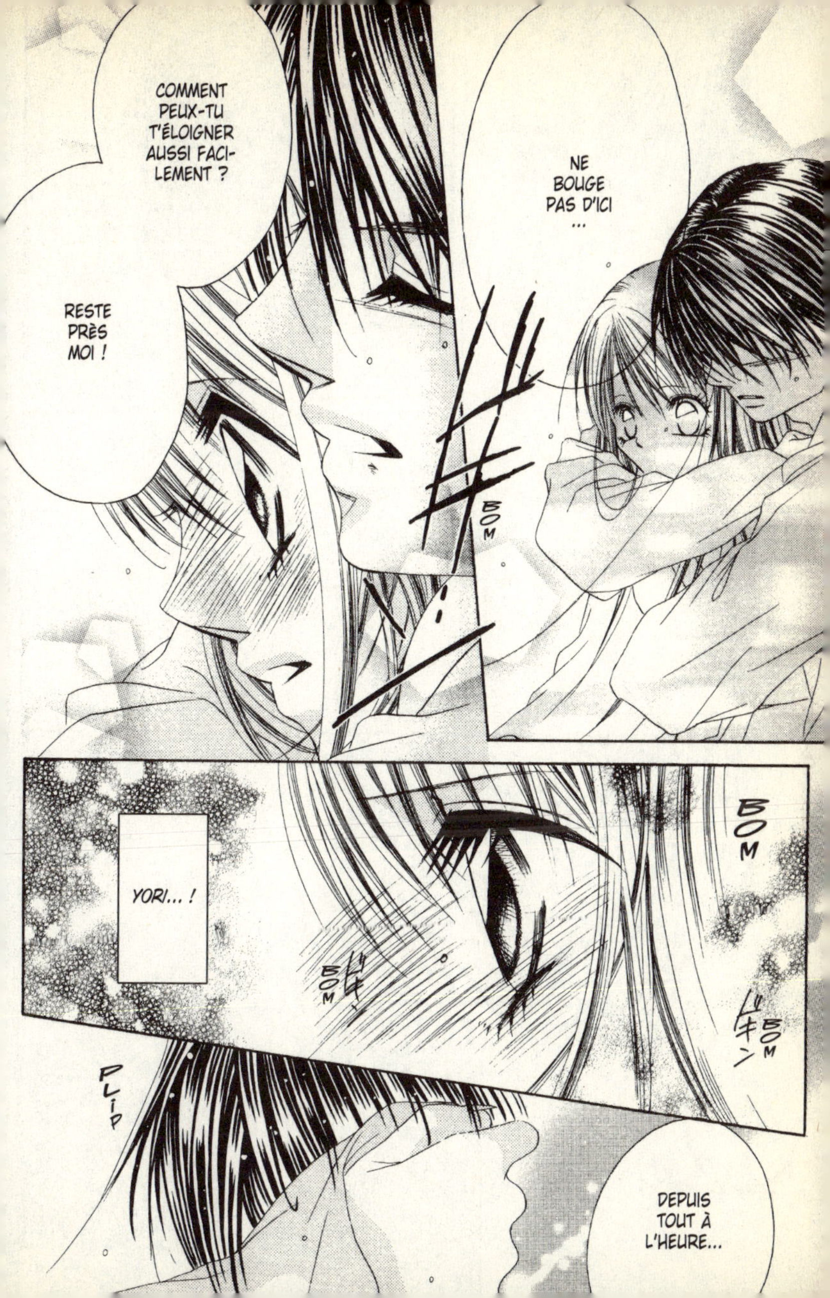
NE BOUGE PAS D'ICI ...
COMMENT PEUX-TU T'ÉLOIGNER AUSSI FACI-LEMENT ?
RESTE PRÈS MOI !
BOM
BOM
BOM
BOM
YORI... !
DEPUIS TOUT À L'HEURE...
PLIP

YORI !
PLOP
TES CHEVEUX SONT TREMPÉS ET TU METS DE L'EAU PARTOUT !
ALORS ESSUIE-LES MOI !
SMACK
ATTENDS...
JE VAIS CHERCHER UNE SERVIETTE...
WHAAA !
ATTENDS...

ET ÇA ME DONNE ENVIE DE TE FAIRE ENRAGER...
PARDON...
TU M'EN VEUX ?
ZIIIP
OUI ! C'EST TROP FACILE !
BOM
YORI...
JE PEUX T'EMBRAS-SER ?
BOM
BOM
BOM
PLOP
HAAA !
C'EST FROID

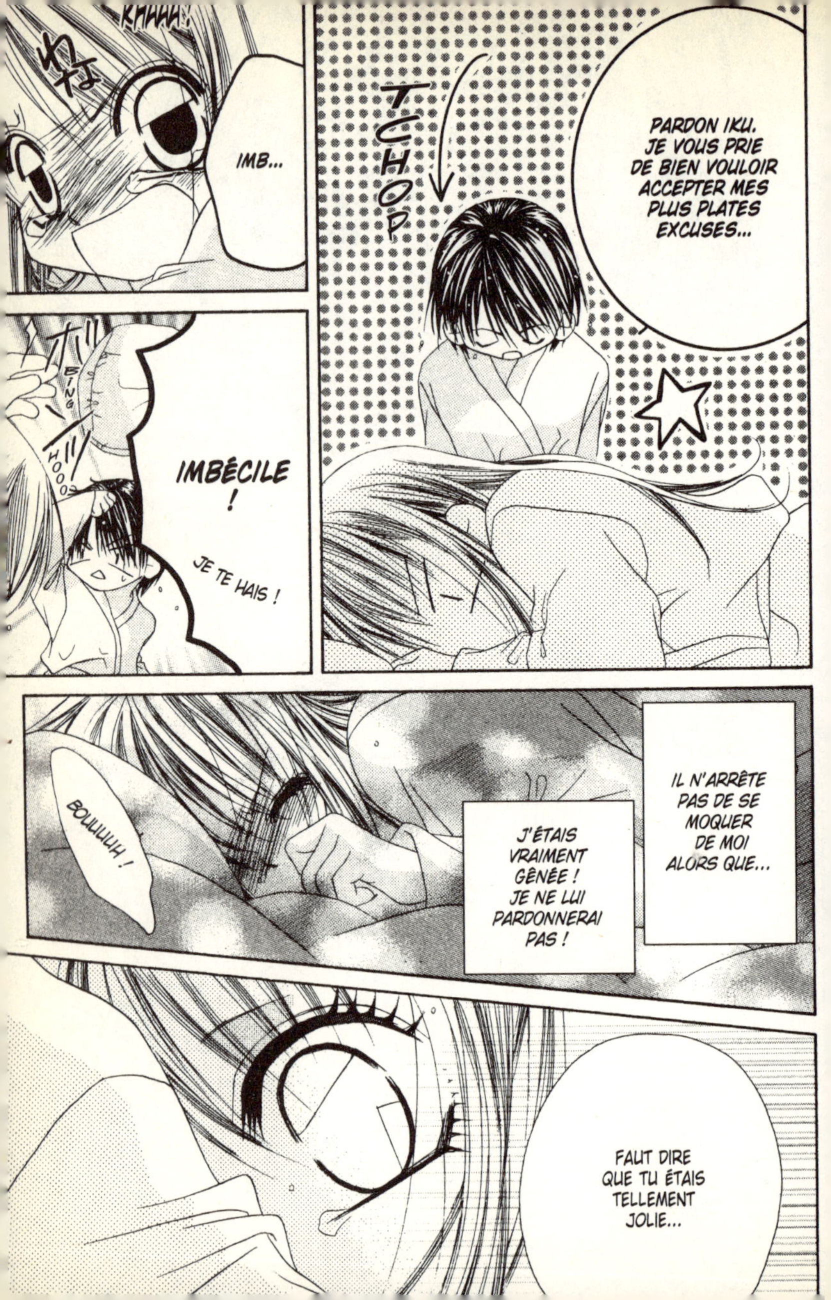
TCHOP
PARDON IKU. JE VOUS PRIE DE BIEN VOULOIR ACCEPTER MES PLUS PLATES EXCUSES...
IMB...
BING
HOOO
IMBÉCILE !
JE TE HAIS !
IL N'ARRÊTE PAS DE SE MOQUER DE MOI ALORS QUE...
J'ÉTAIS VRAIMENT GÊNÉE ! JE NE LUI PARDONNERAI PAS !
BOUUUUH !
FAUT DIRE QUE TU ÉTAIS TELLEMENT JOLIE...

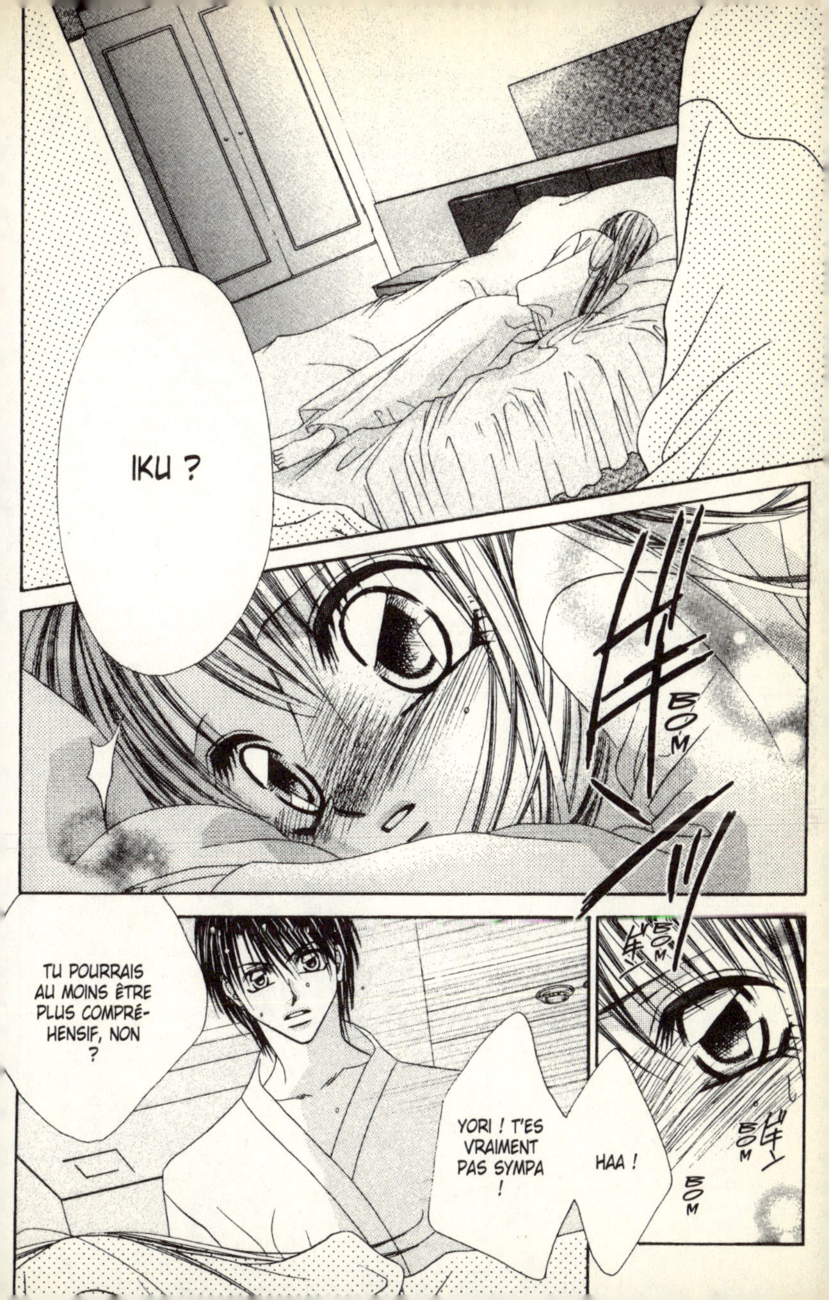
IKU ?
BOM
BOM
BOM
TU POURRAIS AU MOINS ÊTRE PLUS COMPRÉHENSIF, NON ?
HAA !
YORI ! T'ES VRAIMENT PAS SYMPA !
BOM
BOM

PARDON, MAIS JE SORS EN PREMIÈRE !
OUAIS OUAIS...
TAP TAP
OUF, C'ÉTAIT MOINS UNE !
ELLE EST VRAIMENT...
TROP CRAQUANTE...

LÀ-HAUT...
UNE VACHE QUI VOLE...
HAAA...
HAAA...
AH OUI ? OÙ ÇA ? OÙ ÇA ?
NON MAIS VRAIMENT...
ISH
SPLAAASH

ふぇ～ん
FUAAAH
HUUU !
RE...
REGARDE PAR LÀ-BAS !
HEIN ?
FUIP
QUE JE REGARDE OÙ ?
HAAA !
TCHOP
LÀ...

ZOOOOSH
WHA AA...
J'AI VRAIMENT LA TÊTE QUI ME TOURNE !
ZIIIP
ZIIIP
YORI EST JUSTE EN FACE DE MOI...
QUE FAIRE...
JE N'OSE PAS SORTIR NUE DE CE BAIN...
MAIS JE DOIS SORTIR...
SI JE TOMBE DANS LES POMMES...
IL M'EMMÈNERA ET ME VERRA DE TOUTE FAÇON...
HAAA...
KLING
QU'Y A-T-IL ?
HÉ HÉ

HUU
BOM
BOM
YORI...
BOM
BOM
BOM
SPLOSH
NE DIS PAS DE TELLES CHOSES !
BLURP
BLURP
AVEC UNE EAU SI CHAUDE, TU VAS ME FAIRE PERDRE LA TÊTE...

JE T'AIME...
BOM

SES PETITES ÉPAULES CONTRACTÉES PAR LA GÈNE...
SA PEAU RELUISANTE, COULEUR DES FLEURS DE CERISIERS...
SES JOLIES CILS APEURÉS ET TREMBLANTS...
!
QUOI ! TU VEUX MA PHOTO ?
TU ES ADORABLE ...

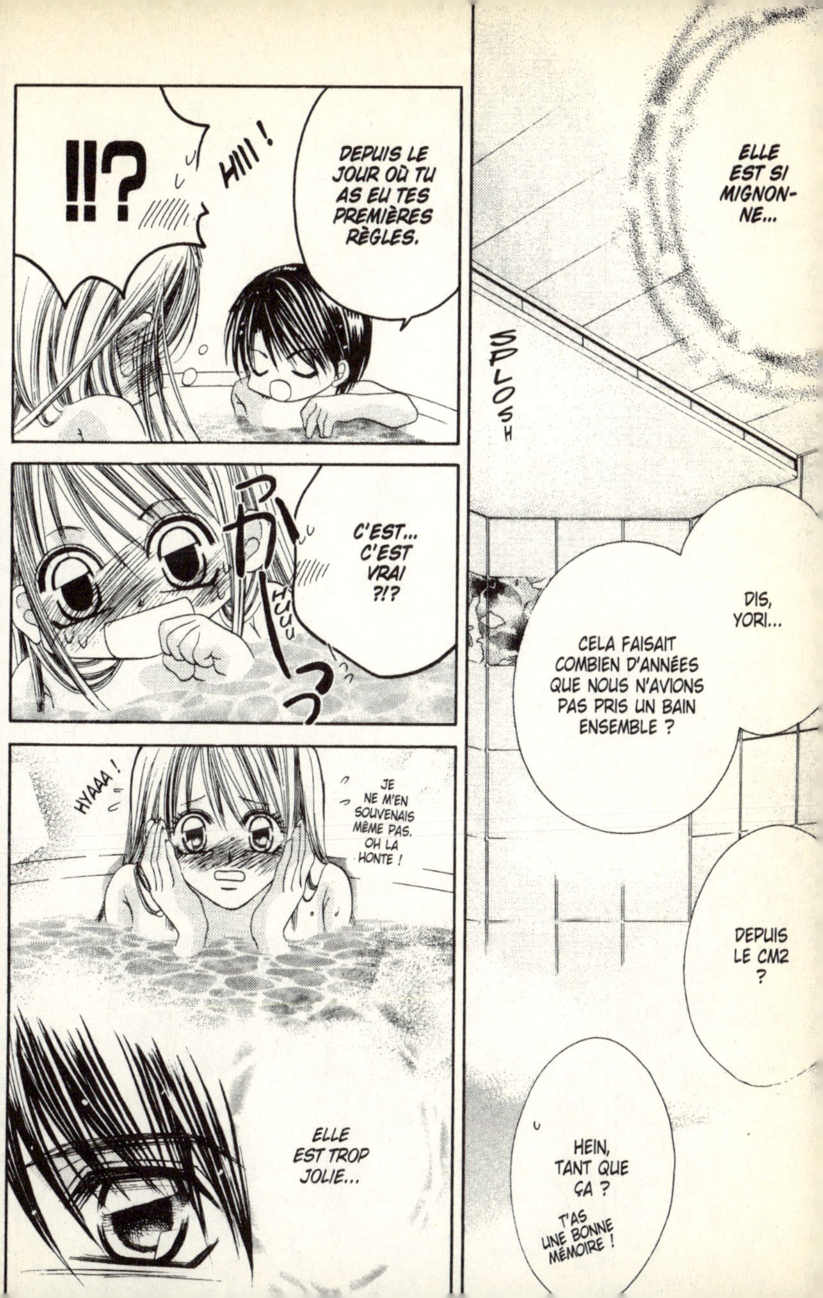
ELLE EST SI MIGNONNE...
SPLOSH
DIS, YORI...
CELA FAISAIT COMBIEN D'ANNÉES QUE NOUS N'AVIONS PAS PRIS UN BAIN ENSEMBLE ?
DEPUIS LE CM2 ?
HEIN, TANT QUE ÇA ?
T'AS UNE BONNE MÉMOIRE !
DEPUIS LE JOUR OÙ TU AS EU TES PREMIÈRES RÈGLES.
HIII !
!!?
C'EST... C'EST VRAI ?!?
HUUU
かーっ
JE NE M'EN SOUVENAIS MÊME PAS. OH LA HONTE !
HYAAA !
ELLE EST TROP JOLIE...

BAH, QU'EST-CE QUE ÇA PEUT FAIRE PUISQUE DE TOUTE FAÇON, JE FINIRAI BIEN PAR TOUT VOIR !
DANS LES MOINDRES RECOINS...
TCHOF
SPLAAAASH
!!?
HEU, IKU. TU PEUX ME DIRE À QUOI TU JOUES ? POURQUOI ES-TU TANT SUR LA DÉFENSIVE ?
BRRR
BRRR
TU... TU AS... L'INTENTION DE ME MANGER, C'EST ÇA ! HEIN !
TCHOP
QU'EST-CE QUE TU VAS CHERCHER LÀ !
PAS TOUT DE SUITE, DU MOINS...
ELLE EST CRISPÉE PAR LE TRAC...
HA HA

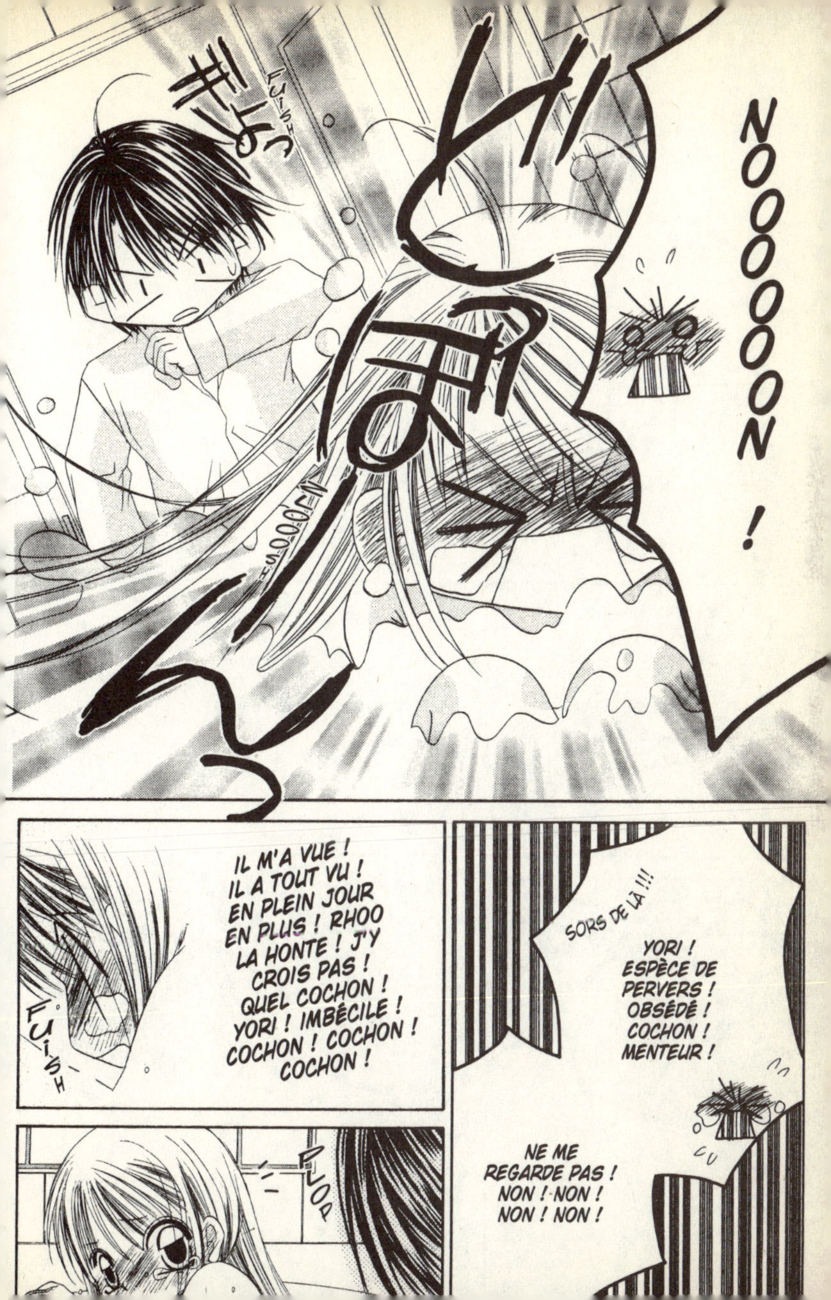

NOOOOOOON !
FUISH
ぎょっ
FUOOOSH
IL M'A VUE ! IL A TOUT VU ! EN PLEIN JOUR EN PLUS ! RHOO LA HONTE ! J'Y CROIS PAS ! QUEL COCHON ! YORI ! IMBÉCILE ! COCHON ! COCHON ! COCHON !
FUISH
SORS DE LÀ !!!
YORI ! ESPÈCE DE PERVERS ! OBSÉDÉ ! COCHON ! MENTEUR !
NE ME REGARDE PAS ! NON ! NON ! NON ! NON !
PLOP

BOM
BOM
BOM
BOM
BOM
BOM
BOM
BOM
BOM
BOM
OOOH !
ZUUUSH
!!!?
WHAAAA !
QU... !

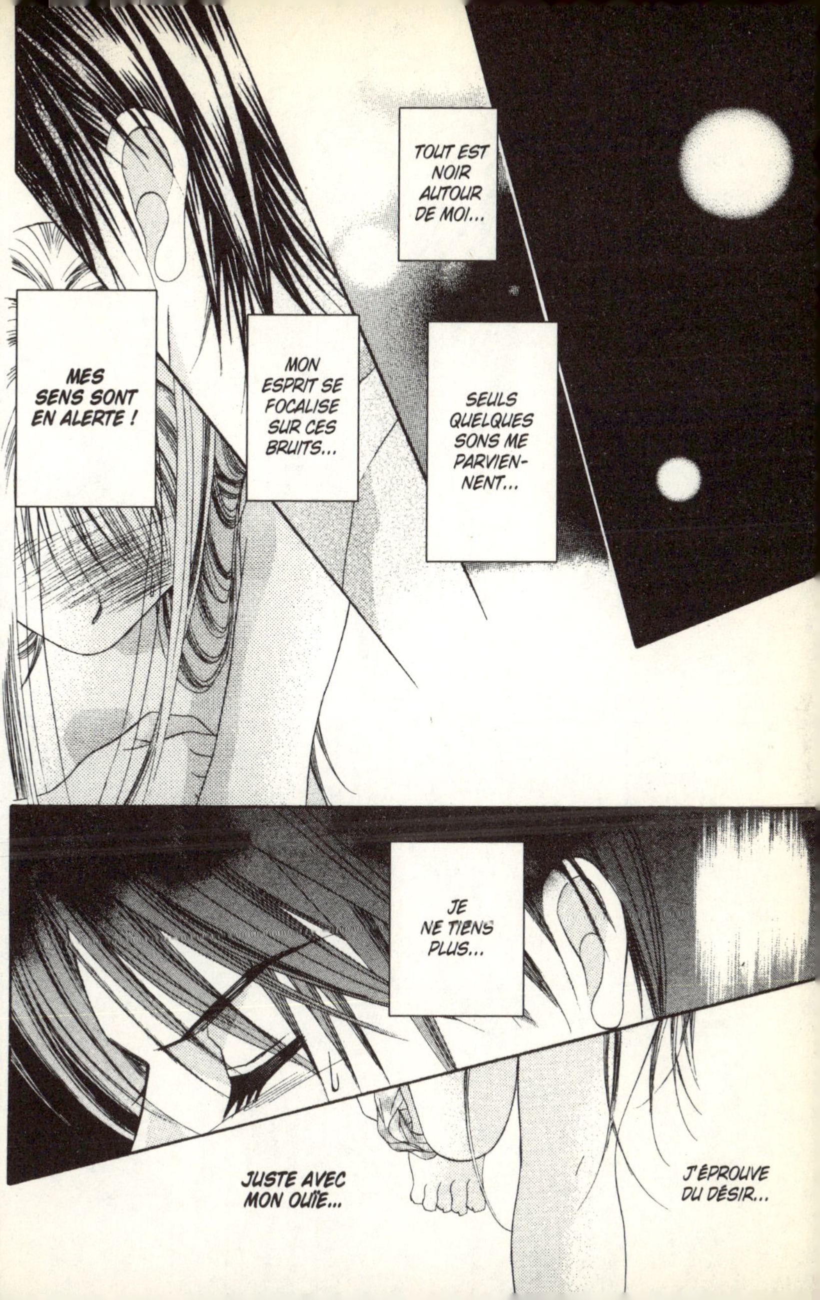
TOUT EST NOIR AUTOUR DE MOI...
SEULS QUELQUES SONS ME PARVIEN-NENT...
MON ESPRIT SE FOCALISE SUR CES BRUITS...
MES SENS SONT EN ALERTE !
JE NE TIENS PLUS...
J'ÉPROUVE DU DÉSIR...
JUSTE AVEC MON OUÏE...

TCHAP
HMM ?
BOM BOM
BOM BOM
BOM BOM
BOM BOM
HAA...
HUU...
BOM BOM
J'AI UN TEL TRAC QUE...
JE N'ARRIVE PAS À RESPIRER CORREC-TEMENT...
HUU...

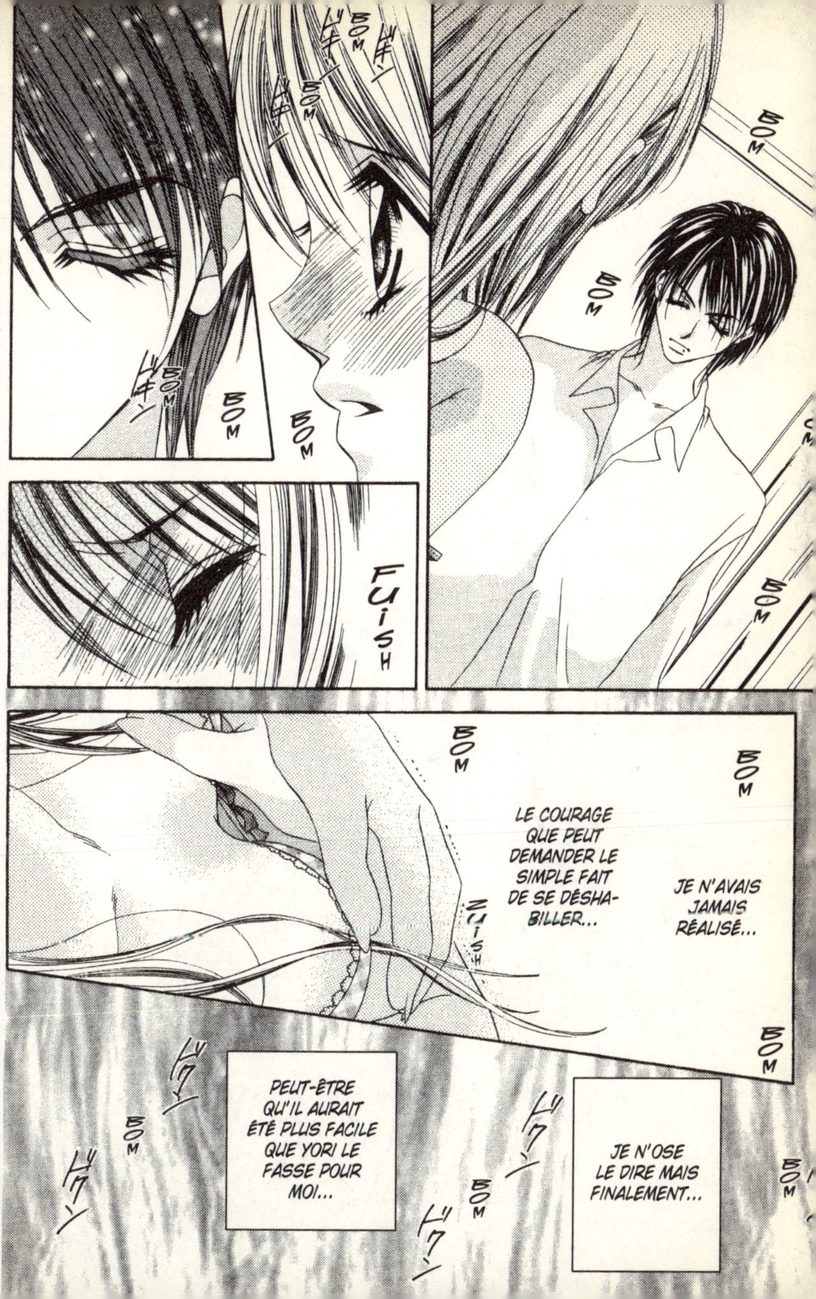
BOM
BOM
BOM
BOM
BOM
BOM
FUISH
BOM
BOM
JE N'AVAIS JAMAIS RÉALISÉ...
LE COURAGE QUE PEUT DEMANDER LE SIMPLE FAIT DE SE DÉSHA-BILLER...
ZUISH
BOM
BOM
JE N'OSE LE DIRE MAIS FINALEMENT...
BOM
PEUT-ÊTRE QU'IL AURAIT ÉTÉ PLUS FACILE QUE YORI LE FASSE POUR MOI...
BOM

TRÈS BIEN ! DANS CE CAS, JE FERME LES YEUX...
VOILÀ...
MES PAUPIÈRES SONT CLOSES...

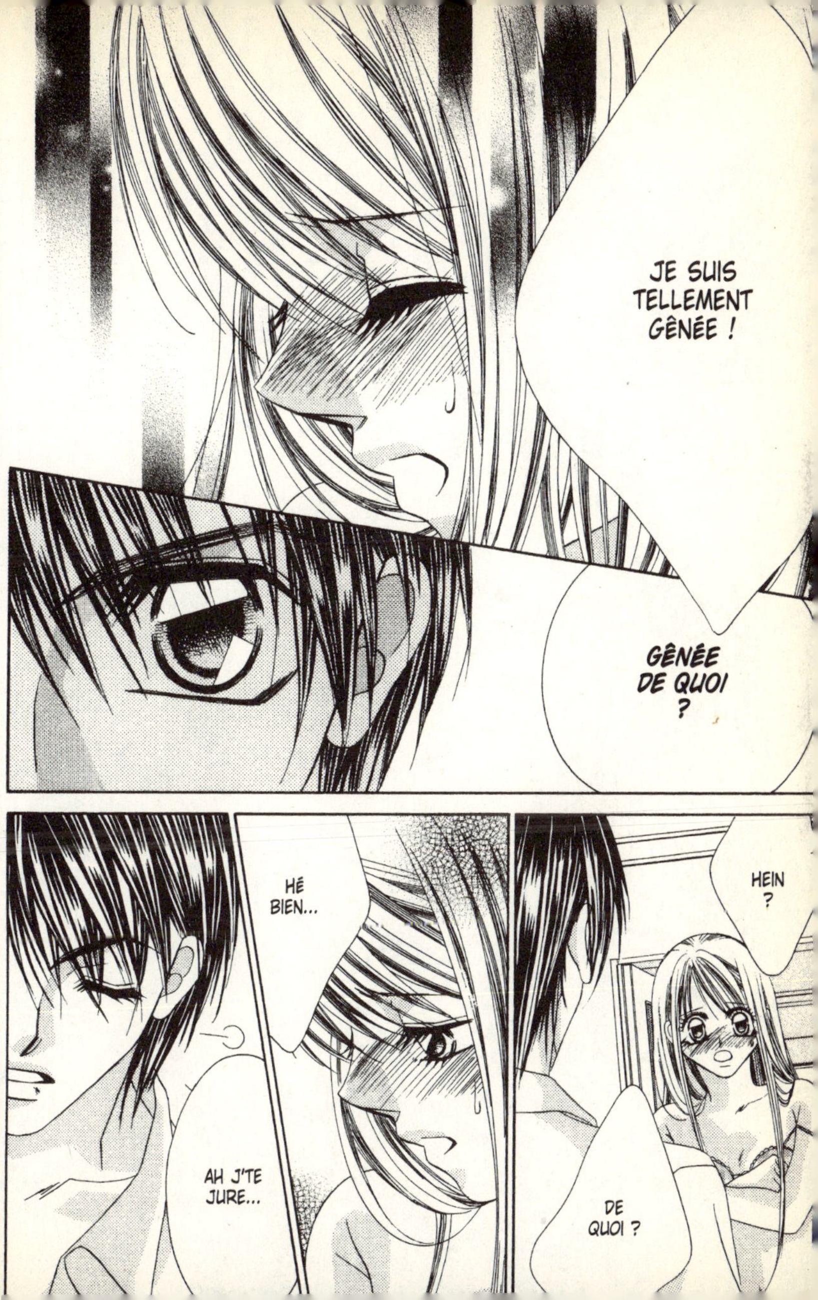
JE SUIS TELLEMENT GÊNÉE !
GÊNÉE DE QUOI ?
HEIN ?
DE QUOI ?
HÉ BIEN...
AH J'TE JURE...

HUUU...
QUOI ENCORE ?
QU...

BOM
BOM
BOM
HUUU...
BOM
BOM
BOM
ドクン
BOM
YORI ME REGARDE...
ドクン
BOM
ドクン
IL ME FIXE...
ドクン
BOM
ドクン
BOM
BOM
BOM
BOM
ドク
BOM
BOM
BOM
BOM

VILAIN YORI ! TU M'AS TUÉE DE HONTE !
OUIIIN
BON OK, J'AI COMPRIS ! JE NE FAIS PLUS RIEN, ALORS...
OK ! OK !
FUIP
JE VAIS ME CONTENTER DE TE RE-GARDER...
QU...
BOM

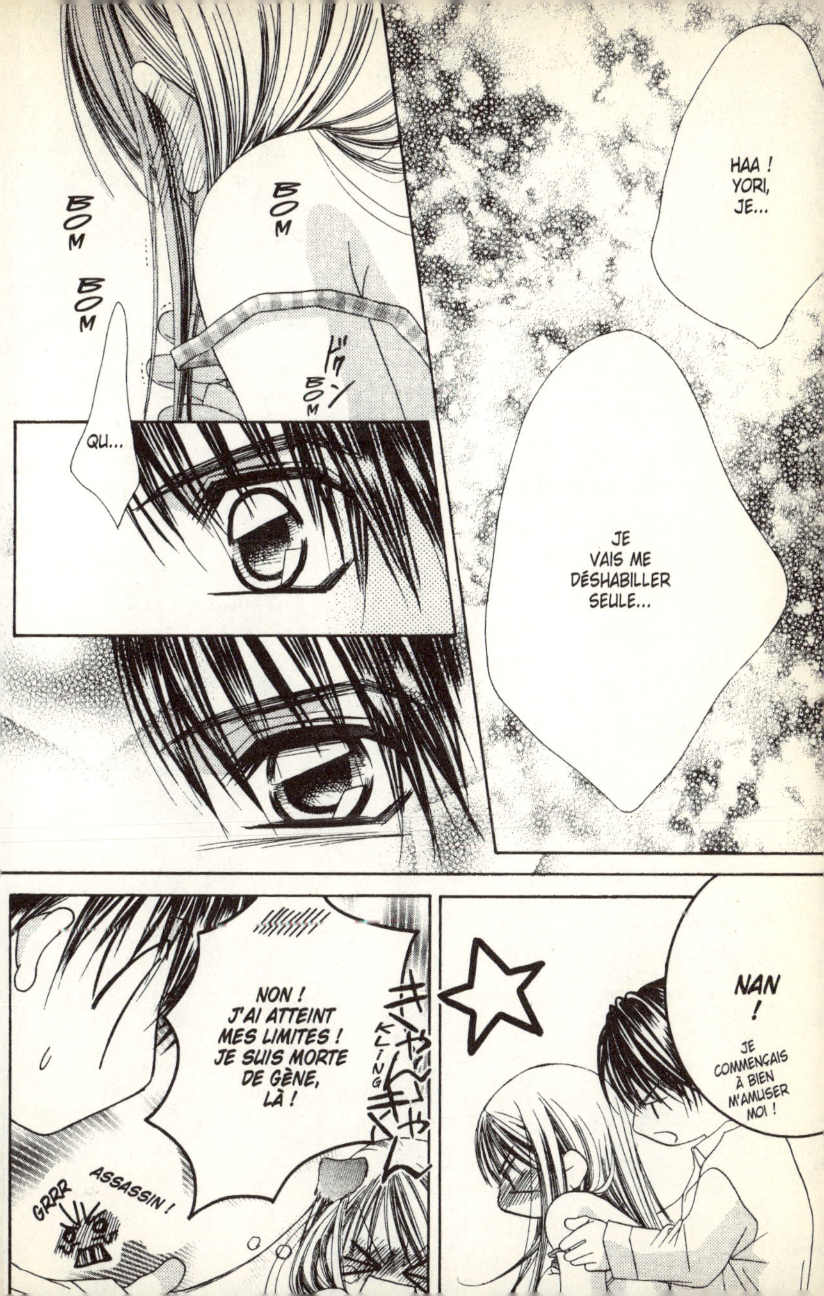
HAA !
YORI,
JE...
JE VAIS ME DÉSHABILLER SEULE...
BOM
BOM
BOM
BOM
BOM
QU...
NAN !
JE COMMENÇAIS À BIEN M'AMUSER MOI !
KLING
NON ! J'AI ATTEINT MES LIMITES ! JE SUIS MORTE DE GÈNE, LÀ !
ASSASSIN !
GRRR

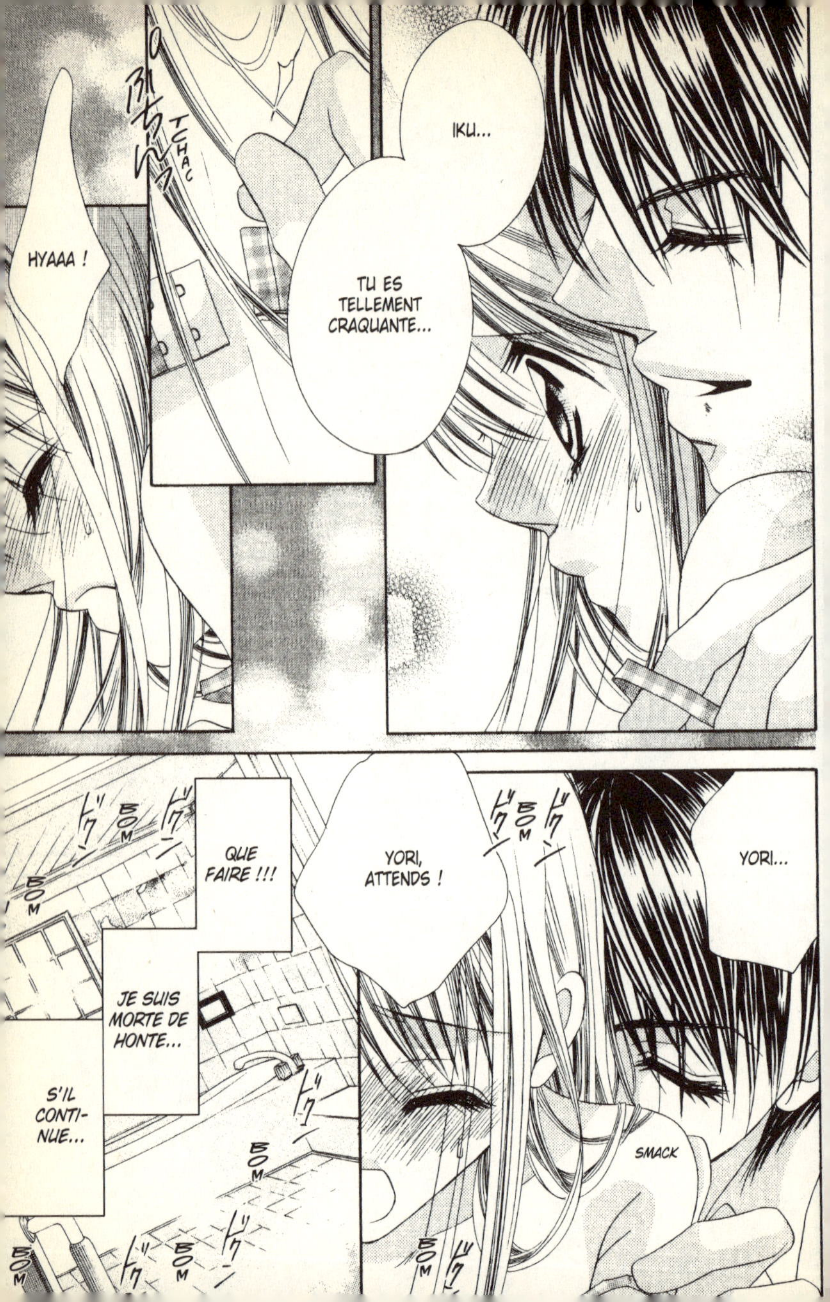
IKU...
TU ES TELLEMENT CRAQUANTE...
TCHAC
HYAAA !
YORI...
SMACK
BOM
YORI, ATTENDS !
BOM
QUE FAIRE !!!
BOM
JE SUIS MORTE DE HONTE...
S'IL CONTI-NUE...
BOM
BOM
BOM

SLURP
HAAAA
YORI SAIT...
QUE JE N'AI PAS NON PLUS...
LE COURAGE D'ARRÊTER...

13e secret : La contre-attaque de Yori

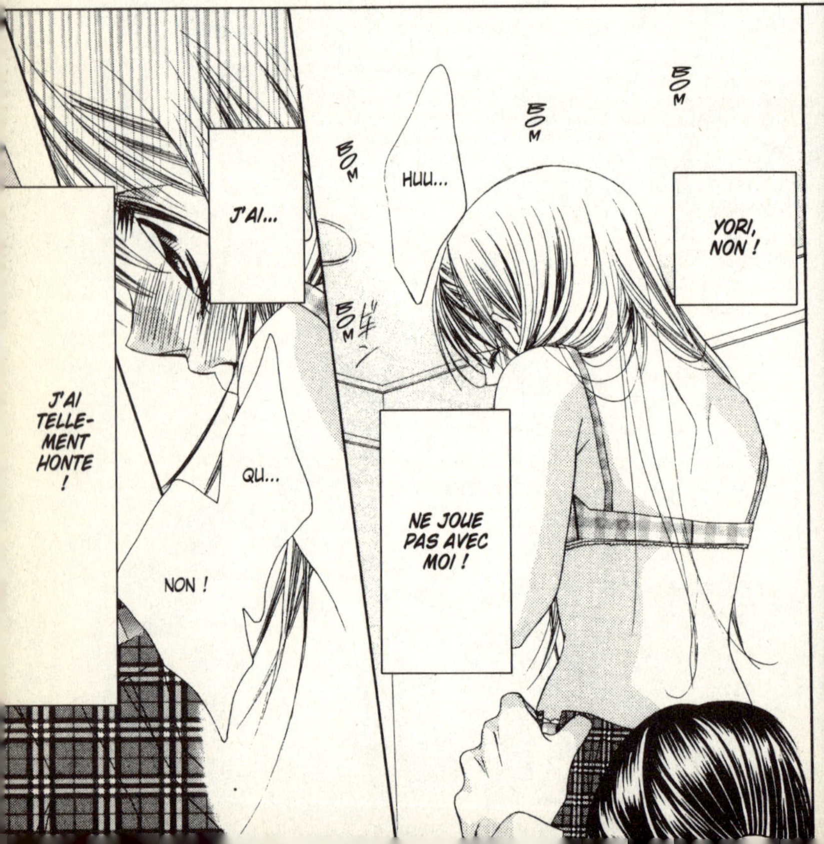

Secret Sweetheart

PERSONNAGES PRINCIPAUX

Iku Yûki

Yori Yûki

RÉSUMÉ DU VOLUME PRÉCÉDENT :

Yori et Iku sont frère et sœur. Dans leur prime jeunesse, ils étaient des jumeaux inséparables et très complices. Mais aujourd'hui, ils ont 15 ans et leurs caractères respectifs semblent être le parfait exemple des contraires. Pourtant, Yori surprend un soir sa sœur par un tendre baiser et d'incroyables révélations : "Tu as toujours été pour moi la fille la plus importante au monde". Il lui demande ensuite de faire un choix entre lui ou... une inévitable séparation. Iku, lui rend donc son baiser et se rend compte que ses sentiments pour son frère sont plus que de simples liens fraternels. Ils s'aiment d'un amour pur et le désir charnel brûle leurs corps...

Pourtant, les jours passent et Iku apprend que Yori est autrefois sorti avec sa meilleure amie, Tomoka. Vexée et terriblement jalouse, elle annonce à son jumeau qu'elle va sortir avec un autre garçon que lui. Après une violente dispute, ils parviennent enfin à se réconcilier et décident de se rendre dans un love hotel pour accomplir l'acte ultime, preuve de leur amour...

SOMMAIRE

13e secret :
La contre-attaque de Yori
5

14e secret :
Éclosion des fleurs du mal
37

15e secret :
Fin de scolarité
69

16e secret :
Séparation dans les larmes
101

17e secret :
Ta voix au téléphone
132

18e secret :
Matin d'anniversaire
162

Secret Sweetheart
3
Kotomi Aoki